D1728392

Konrad Klotz
Fremde Liebe - enges Land

Z-Reihe Romane von unten

Konrad Klotz

Fremde Liebe – enges Land

Erzählungen

Genössenschaft Z-Verlag Basel

Die Herausgabe dieses Werkes wurde gefördert durch den Schweizerischen Schriftstellerinnen- und Schriftstellerverband und die Präsidialabteilung der Stadt Zürich.

1. Auflage 1991
Copyright © by Z-Verlag Basel
ISBN 3-85990-105-2

Umschlaggestaltung: Sylvie Rohrer, Basel
Umschlagfoto: R. Bösch, Wallisellen
Druck: Genodruck, Biel-Bienne
Printed in Switzerland

Genossenschaft Z-Verlag, Postfach, CH-4002 Basel

Inhalt

Grüne Grenze

Wir sind da, sagt er, nahe der Grenze, von hier geht's zu Fuss weiter, sie lächelt ihm zu, so dass die weissen Zähne im Dunkel ihres Gesichts aufleuchten. Sei unbesorgt, wir brauchen keinen Pass, nicht da, wo wir durchgehen! Sie klettern aus dem rattrigen Bus, der sie bis zum letzten Dorf im Tal gebracht hat, vertreten sich die Füsse; früher, sagt er, waren das Schmugglerpfade. Sie schaut zweifelnd an den steilen Berghängen hoch, zupft am losen Hemd, das ihre hageren Schultern kaum bedeckt, nein, meint er, Grenzpolizei gibt's hier keine.

Ivar hebt den Rucksack vom Boden auf, wirft ihn sich über die Schulter, zieht die Riemen an, Ravi hängt sich die Stofftasche um. – Komm! wir müssen möglichst früh unten sein. Schweigend steigen sie den Steinweg hinauf, der vom Dorf wegführt, Ravi geht dicht hinter Ivar her, sie schaut auf seinen Nacken und wartet – obwohl er ihr gesagt hat, schau auf den Weg! Achte auf deine Tritte! – stets darauf, dass er sich umdrehen und sie aufmuntern würde. Bald schon bemerkt sie den Schweiss, der auf seinem Nacken hervortritt, er streicht sich mit der Hand über das kurzgeschorene Haar.

An einem Wegknie bleibt Ivar stehen, er studiert die Karte, blickt sich um: Siehst du hier irgendwo eine Grenze? Ravi schüttelt den Kopf und schirmt mit der Hand die Augen ab, versucht seinen Blicken zu folgen. Vielleicht dieser Bachlauf, sagt Ivar, dort diese Felsrunse, vielleicht ist sie das, wer weiss, kein Vogel singt davon. Er zeigt auf die Karte, hier macht der Weg einen Knick, dann geht's die Bergflanke entlang, über mehrere Buckel und Bäche ... Komm, weiter! Der Weg wird zusehends schmaler, Dornenranken verhaken sich im Gewebe ihrer Kleider, immer wieder müssen sie sich freimachen, Zweige peitschen von Ivars Rucksack in Ravis Gesicht, auf ihren Armen haben Stacheln die Haut angeritzt; sie hebt die Tasche schützend vor den Kopf. Schliesslich ist der Weg vollends verstrüppt, Ivar hält auf ein schmales Bachbett zu, sie folgen dem Bachlauf, stolpern über verdecktes Geröll, schlagen sich durchs Unterholz, Ravis Schuhnesteln verfangen sich, sie rutscht aus, rappelt sich wieder auf. Weiter unten, zwischen Felsbrocken, ist das Rauschen eines zweiten, grösseren Bergbaches zu hören, sie arbeiten sich aus dem Gesträuch heraus auf die freiliegenden Granitblöcke, springen auf abgeplattete Steine hinunter ins aufspritzende Wasser. Ivar wedelt mit der Karte in der Luft, ruft im tosenden Bach stehend, kaum hörbar, eigentlich müssten wir an der Grenze sein. Sie halten Rast. Ravi bückt sich, wäscht sich Gesicht und Arme, das Wasser brennt auf der Haut, in den aufgeritzten Blutspuren. – Wie schön! hört sie Ivar rufen, er hat den Rucksack an der Böschung abgesetzt und hantiert, auf einem Felsen kauernd, mit dem Fotoapparat, nein, entscheidet er, wir fotografieren später, du sollst rittlings auf einem Grenzstein sitzen.

Der Grenzwächter erscheint, als sie neben einer verfallenen Waldkapelle aus dem Kastanienwald treten, klein, kantig und uniformiert, mit einem Schäferhund an der Leine. Ivar grüsst beiläufig, er fällt nicht aus seinem gleichmässigen Schritt, seine griffigen Sohlen finden auf dem steinigen Weg sicheren Halt, Ravi bleibt dicht hinter ihm, versucht, die Sonne schräg im Rücken, ihren Schatten mit dem seinen zu decken. Einen Moment lang glaubt sie, der Grenzwächter nehme keine besondere Notiz, lasse sie ungehindert vorbei, wir sind bloss Bergwanderer, hat Ivar gesagt, und die passieren die Grenze unbehelligt, dann aber zieht der Mann den an der Leine zerrenden Hund schroff zurück und redet sie an; sie bleiben stehen. Nach einem kurzen Wortwechsel setzt Ivar seinen Rucksack widerwillig auf den Boden, er öffnet die Riemen umständlich, als versuche er, Zeit zu gewinnen, er nestelt verärgert an der Verschnürung herum und richtet sich langsam auf. Er schaut Ravi, während der Grenzwächter den Rucksack kurz und oberflächlich inspiziert, ergeben an, hebt die Augenbrauen, zuckt die Achseln. Sie weiss, dass er eine Menge Dinge hätte zurücklassen müssen, wenn sich der Eindruck, sie seien bloss verirrte Bergwanderer, nicht als Täuschung herausstellen sollte, sie sieht, wie

Ivar einige Lire-Scheine schnell wegsteckt, bevor er seinen Geldbeutel vorzeigt. Beinah enttäuscht – vielleicht hat der Grenzwächter bei ihnen Schmuggelware vermutet – bricht dieser seine Inspizierung vorzeitig ab, bedeutet, ohne sich Ravis Stofftasche angesehen zu haben, sie könnten wieder zusammenpacken; gelangweilt schaut er Ivar beim Verschnüren des Rucksacks zu. Doch dann bückt er sich plötzlich, hebt etwas, das Ivar aus der Brusttasche gefallen ist, vom Boden auf, ein längliches Päckchen, ein Päckchen Kaugummi, er dreht es in den Fingern, betrachtet es genau, besonders den weissen Preisaufdruck, Lit. 500, er streckt es Ivar hin: Sie kommen also doch von Italien, sagt er und schaut Ivar direkt ins Gesicht. Ivar tut, als ginge ihn das Kaugummipäckchen nichts an, wendet sich zum Gehen, der Grenzwächter aber winkt energisch, sie hätten ihm zu folgen, trotz Ivars Protesten, er lässt sie das Gepäck ergreifen, lässt sie vor sich hertraben, den steilen Bergpfad hinunter; der Hund tut seine Pflicht, zieht, ihnen hart auf den Fersen, kräftig an der Leine.

Das Zollgebäude, ein schlichtes Steinhaus im Tal, liegt in der Geraden einer Strassenschleife. Beim Eintreten fällt Ravi die Kahlheit auf, die beinah leeren, hohl tönenden Räume, eine Bergkahlheit. Sie legen ihr Gepäck ab, ein anderer Grenzbeamter geleitet sie in einen Nebenraum, der auch karg möbliert und nur schwach beleuchtet ist. Wir tun nur unsere Pflicht, sagt er in fliessendem Deutsch zu Ivar, er-

10

sparen Sie sich Ihre Proteste, unsere Erhebungen werden bestimmt nicht lange dauern. Der Mann heisst sie auf einer schmalen Pritsche Platz nehmen, bleibt aber selber unter der Türe stehen. Sie behaupten also, vom Weg abgekommen zu sein, Sie sagen, Sie seien Bergwanderer, hätten Ihre Ausweispapiere vergessen. Ivar schweigt, er legt seinen Arm um Ravis Schultern. – Dann brauchen Sie nichts zu befürchten, Sie können, wenn alles in Ordnung ist, Ihren Weg gleich fortsetzen, oder ich bringe Sie in meinem Wagen zum nächsten Ort. Die Worte des Grenzbeamten verhallen, er dreht sich um und schliesst, wahrscheinlich verriegelt er die Tür, Ivar sieht nicht nach, er bleibt sitzen, drückt Ravi beschwichtigend die Hand.

Nach einer Weile erscheint der ältere Mann zusammen mit dem noch kleiner, gedrungener wirkenden Grenzwächter, welcher in einem schwer verständlichen Tessiner-Patois auf ihn einredet, anscheinend hat er etwas entdeckt, das seinen Verdacht bestätigt, der Vorgesetzte nickt mehrmals und schaut Ivar und Ravi aus den Augenwinkeln an. Dann tritt er auf sie zu, in Ihrem Gepäck, sagt er langsam, haben sich mehrere Hinweise dafür befunden, dass Sie von Italien kommen: Eine in Levanto ausgestellte Fahrkarte, eine Rechnung für ein Abendessen, das in tutto 46 000 Lire gekostet hat, zudem eine Flasche Grappa aus Trentino, Beweise also, dass Sie einen beträchtlichen Abstecher nach Italien gemacht haben. Der Beamte nickt anerkennend: Alle Achtung vor unseren

Fusswanderern! Ivar hebt die Arme und lässt sie wieder sinken: Na und? – Der Grenzbeamte schiebt die Daumen in den Gürtel, rückt sich die Hose zurecht. Weiter hat man, sagt er in leierndem Ton, eine handgeschriebene Quittung eines gewissen Currarrini für die Summe von 250 000 Lire gefunden, dann haben wir den Fotoapparat beschlagnahmt, der entwickelte Film wird uns ausreichende Beweise liefern. Der Grenzbeamte mustert Ivar aus verhangenen Bergleraugen: Beharren Sie immer noch darauf, vom Weg abgekommen zu sein? Ivar ist von der Bank aufgesprungen, doch beruhigt ihn der Grenzbeamte, wir wollen nichts übereilen, warten wir vorerst die weiteren Erhebungen ab.

Bevor der Grenzbeamte Ivar und Ravi über die Informationen, die er von seinem Kollegen bekommen hat, in Kenntnis setzt, führt er die beiden aus dem fensterlosen Raum in ein anderes Zimmer. Der Mann quetscht sich in einen alten Bürostuhl, Ivar und Ravi setzen sich auf eine Bank an der Wand, zwischen ihnen steht, irgendwie verloren, ein abgeschabtes Holzpult. – Es bestehen nunmehr keine Zweifel, sagt der Grenzbeamte, dass Sie, von Italien herkommend, versucht haben, illegal über die Grenze zu gelangen. Unsere Nachforschungen haben ergeben, dass Sie wie gewöhnliche Urlauber zehn Tage im Badeort M. zugebracht haben, wo Sie privat bei einem Signor Currarrini gewohnt haben. Die gefundene Rechnung für das Abendessen hat sich über folgende Gänge erstreckt: Zweimal Antipasti, Primi Piatti, Secondo und einmal Contorno, dazu Wein, Dolci und Kaffee; ein überaus günstiges Menu, muss man sagen ... Ivar fällt dem aus seinen Notizen lesenden Beamten ins Wort: Allerdings! Wir sind in M. gewesen, wir haben das steinalte Nest geradezu ins Herz geschlossen, unsere Unterkunft war über Erwarten kommod, und unsere Gastgeber, Signor Currarrini und seine Gattin Lucia, waren von ausgesprochener Herzlichkeit. Der Mann, übrigens früher ein Opernstar, lebt noch heute mit Stil, obwohl ungleich bescheidener, aber die Gastfreundschaft, die ist ihm heilig. Zusammen wohnen sie in einem kleinen Appartement, das, vom Boden bis zur Decke mit Fotos, Erinnerungsstücken und Gemälden vollgestopft, beiden kaum genügend Platz bietet, uns aber haben sie das Ehebett überlassen. Ivar unterbricht sich und sieht Ravi an, sie nickt ihm aufmunternd zu. Der zweiundsiebzigjährige Opernsänger, dies vielleicht als Nachtrag für ihre Akten, hält sich mit Karate fit und ist passionierter Landschaftsmaler, mittags gönnt er sich eine Zigarre, legt sich in Unterhosen in seinem von Hunden, Katzen und Schildkröten arg zugerichteten Gärtchen zur Siesta hin; bis heute hat er sich geweigert, in die Casa Verdi nach Mailand zu übersiedeln, wo ausgediente Opernsänger ihre Pension fristen. Was das Abendessen betrifft ... Der Grenzbeamte winkt ab, es wird Ihnen nichts nützen, sagt er, einmal in Gang gesetzt, können wir unsere eigenen Nachforschungen nicht mehr aufhalten. – Aber wozu benötigen Sie eigentlich diese Informationen? – Der Grenzbeamte verwirft die Hände: Das würde ich gerne von Ihnen selber erfahren. – Aber was könnten wir, zwei harmlose Fusswanderer, verbrochen haben, nimmt mich wunder, das Sie dazu berechtigt, uns solange festzuhalten? – Seufzend lehnt sich der Grenzbeamte zurück, es ist immer dasselbe, sagt er, keiner von den Schleppern, die wir hier abfangen, will etwas getan haben, alle beteuern sie ihre Unschuld. Er fährt sich mit der Hand über die Stirn, er sieht müde und abgekämpft aus.

Der Nachmittag ist schon weit vorgerückt, als sie wieder ins Zimmer geführt werden, die Sonne scheint flach durch das schmale, hohe Fenster, das Tal, in tiefem Schatten liegend, ist fast nicht mehr zu erkennen. Der Grenzbeamte schaut Ivar und Ravi lange und nachdenklich an. Es bleiben, beginnt er, nur noch wenige Jahre bis zu meiner Pension, eigentlich habe ich mich hierher versetzen lassen, weil ich meine Ruhe wollte und etwas wärmeres Wetter. Sie wissen, man nennt es die Sonnenstube, das Tessin. Er reibt sich mit dem Daumen das Auge aus. Von meinen letzten Dienstjahren versprach ich mir bloss, dass sie unscheinbar verstreichen würden. Nun, sagt er bedauernd, ist alles anders . . . neue Weisungen, wir müssen härter durchgreifen, gründlicher sein . . . in Ihrem Fall weiss ich nicht genau . . . Die Augen des Beamten richten sich auf Ravi, die sich, als wiche sie aus, an Ivar schmiegt. Wir werden im Herbst heiraten, sagt

Ivar. Ein Lächeln huscht über das Beamtengesicht. Trotzdem, entgegnet er, wäre uns manches erspart geblieben, wenn Sie mir von Anfang an reinen Wein eingeschenkt hätten, jedenfalls hätten Sie Ihrer Begleiterin einiges erspart. – Sie ist meine Braut! – Die Methoden der modernen Informationserhebung könnten nicht gründlicher sein, der Beamte lächelt säuerlich: Wir wissen sogar, was für Fisch Sie in M. gegessen haben . . . Ivars Rücken spannt sich, beinah wäre er aufgesprungen, doch dann, als hätte ihn der milde Blick des Beamten abgehalten, sinkt er auf seinen Sitz zurück: Wir sind wieder zu Hause, sagt er leise, resigniert, das gelbe Auge der Überwachung lauert überall, überall muss man Kameras und Bildschirme vermuten und jemand, der dahintersitzt, dem man schonungslos preisgegeben ist, die Wände sind sehend und hörend, der Nebenmann wird zum Aufpasser, zum Hüter der eigenen Ordnung im Kopf. Wissen Sie, dass ich, wenn ich vom Ausland zurückkehre, sogar beim Aufsuchen einer öffentlichen Toilette das bestimmte Gefühl habe, überwacht zu werden? – Sie mögen recht haben, meint der Beamte, wir sind hier nur eine Aussenstation, allerdings eine sehr exponierte, die Grenze ist kein Tummelplatz für Pfadfinder. Hätten Sie mir von Anfang an gesagt, wie es um Ihre Verlobte steht, dass sie bereits Asylbewerberin sei ohne gültige Papiere, ich hätte vielleicht ein Auge zudrücken können. Nun aber ist das Vergehen aktenkundig, ich kann, sagt der Beamte mit einem unterdrückten Seufzer, die Erhebungen nicht mehr rückgängig machen. Ivar wendet sich Ravi zu, schaut ihr ins Gesicht, das sie, eine noch ungewisse Frage formulierend, zu ihm emporhebt. Ausserhalb des Raumes ist es dunkler geworden, eine Neonröhre flackert an der Decke. – Es besteht kein Grund, Sie länger aufzuhalten, sagt der Grenzbeamte, Sie dürfen gehen. Alles weitere werden Sie von der zuständigen Behörde erfahren, die Sache entzieht sich von jetzt an meiner Kompetenz. Selbstverständlich steht Ihnen mein Wagen zur Verfügung.

Ivar dreht sich um, ich möchte, sagt er, noch etwas ergänzen, bevor wir gehen, ich möchte, dass Sie das ebenfalls in die Akten aufnehmen: Wir sind bei der Ausreise auch zu Fuss über die Grenze, wir haben sie auf der andern Bergseite überquert und sind dort einem italienischen Grenzwächter begegnet, der uns, weil er gerade auf einer Steinbank sein Frühstück verzehrte, mit keinem Wimpernaufschlag beachtet hat, bitte nehmen Sie das in Ihren Rapport auf; halten Sie ebenfalls in den Akten fest: Die Alpenflora, Arnika, Enzian, Fingerhut, Feuerlilie und Alpenrose. Kennen Sie den zweiten Satz aus Beethovens Pastorale? – Wann haben Sie zuletzt einen entlegenen Bergsee oder einen Gletscherwasserfall gesehen? Können Sie sich eine Reise von den Bergen ans Meer, hinunter in die italienische Provinz mit ihren abseitigen Bahnhöfen, verschlafenen Plätzen vorstellen? Bitte schreiben Sie das an den Schluss Ihrer Erhebungen, als Erklärung der Fehlbaren sozusagen, es gehört auch dazu, wir sind den Weg eigentlich deshalb zu Fuss gegangen.

Ivar legt Ravi, die bei den letzten Worten aufgestanden ist, den Arm um die Hüften und begleitet sie zur Tür hinaus. Sie nehmen Rucksack und Stoffbeutel vom Boden auf und treten etwas benommen aus dem Grenzgebäude. Gerade wird es dunkel über dem engen Tal, aber die Strasse läuft wie ein fliessendes, helles Band an der Grenzstation vorbei und, weiter vorn, um eine Kurve. Vergeblich sieht Ivar sich nochmals um, nirgends ist eine Grenze zu erkennen.

Reduit

Sie waren die ersten Gäste in dem Berggasthof an diesem Morgen, allerdings sah die niedrige Schankstube nicht danach aus, als würden hier häufig Gäste ein- und ausgehen, vielmehr schien alles unberührt, es roch nach Bienenwachs und ausgetrocknetem Holz, der gepflegte Raum glich eher einem Heimatmuseum, man wagte sich kaum zu setzen, die Beine auszustrecken, sich mit dem Rücken ans Täfer zu lehnen, das lautstarke Holzknarren machte betreten, man war versucht, den Raum auf Zehenspitzen wieder zu verlassen, aber die kratzige Stimme der Schankwirtin, ihre Begrüssung, hatte sie überrascht und zum Bleiben beinah verpflichtet.

Sie habe die Belegschaft stark reduzieren müssen, sagte die Wirtin hinter dem Ausschank hervor, seit der Eröffnung des Tunnels verirrten sich kaum noch Touristen da hinauf, das Jahr hindurch fahre niemand mehr über den Pass, die gingen jetzt alle unten durch, höchstens zur Ferienzeit gebe es ab und zu Wanderer und Urlauber, aber auch die machten kaum noch halt im Dorf. Die alte Frau hantierte an der Kaffeemaschine, sie liess Dampf ausströmen, eine Dampffontäne schoss an ihrem faltigen Gesicht vorbei, bald könne sie den Gasthof als Einmann-Betrieb führen, und wenn das Militär nicht wäre, müsste sie sogar schliessen. Die Wirtin trocknete sich die Hände an ihrem geblümten Hauskleid und fügte hinzu: Und dann noch die da oben . . . Sie deutete zur Bergseite des Dorfes, durch einen Schlitz in den Gardinen konnte man die oberen Häuser und die enge Strasse gerade noch ausmachen, weiter reichte der Ausblick nicht. – Sie können das alte Edelweiss nicht sehen, sagte sie mit einer wegwerfenden Geste und begann klappernd Tassen ineinanderzustellen.

Das Dorf sei nicht wiederzuerkennen, kein Vergleich zu früher, sie könnten sich hernach selbst davon überzeugen, immer mehr Leute und vor allem die Jungen zögen weg, es ziehe sie, wie überall, hinunter ins Tal oder in die Stadt. – Ich habe auch einen Sohn, der im Unterland studiert hat, Informatik, sagte die Wirtin, das Wort wie antik betonend.

Sie stellte die Tassen auf ein Tablett und warf die Löffelchen auf die Unterteller. Trotz ihres Alters wirkte die Frau kräftig, wie sie ihnen das Tablett zutrug und die dampfenden Kaffeetassen auf den Tisch absetzte, die Züge um ihren Mund waren von Entschlossenheit geprägt, ihr Kiefer schien die Wörter während des Sprechens langsam zu mahlen. Jetzt arbeitet er in der Forschung, sagte sie nicht ohne Stolz, aber fragen Sie mich nicht was, alles sei geheim, sagt er immer, wenn er zu uns hinaufkommt. Sie lachte trocken, ich würde sowieso nichts davon verstehen.

Wen sie gemeint habe, mit denen da oben, fragte er die Wirtin, ohne neugierig sein oder sie aushorchen zu wollen. Sie wandte sich ab, Asylanten, sagte sie in einem Ton, als wäre es ein Sakrileg, im ehemaligen Hotel Edelweiss haben sie Asylanten einquartiert. Sie ging zum Schanktisch und legte das Tablett scheppernd auf den Chromstahl, ich kann mir nicht helfen, aber man fühlt sich bald im eigenen Dorf fremd.

Für eine Weile ging sie in die angrenzende Küche hinüber, und es wurde still in der Gaststube, eine Stille, die sich herabsenkte, als hätte man förmlich eine Glasglocke über den kleinen Raum gestülpt. Sie schlürften ihren Kaffee in die Stille hinein und fühlten sich zum Flüstern veranlasst oder zum gedämpften Sprechen; als sie die feste Stimme der Wirtin wieder vernahmen, atmeten sie beinahe auf.

Ich habe einmal einen Film über Tibet gesehen, und so komme ich mir manchmal vor, wenn ich aus dem Haus trete, wie in diesem Film, mit den braunen Menschen und den Bergen rundherum. Früher hätten Sie das Dorf erleben müssen! Es ist gar nicht solange her, nein, man muss nicht so weit zurück, keine zwanzig Jahre, da ist sogar der grosse Löwen, wo einmal der Goethe übernachtet hat, jede Nacht belegt gewesen, Hochbetrieb die ganze Saison hindurch. – Und heute sind wir ein Asylantendorf!

Er erkundigt sich nach dem alten Saumpfad, der zum Pass hinaufführte. – Auf die alte Römerstrasse wollen Sie, rief die Wirtin, dann kommen

Sie justament an dem Asylantenheim vorbei, oberhalb der Passstrasse nämlich, dort beginnt auch der Saumpfad. Sie können sich, wenn Sie am Edelweiss vorbeigehen, selbst vergewissern, wie es dort nun aussieht, das Haus verlottert, eine Ordnung darum herum wie bei den Feckern und jeden Tag Wäsche zu den Fenstern hinaus, sogar am Sonntag. Er bedankte sich für den Hinweis, meinte aber, dass man wohl kaum die Asylanten für die Verwahrlosung verantwortlich machen könne.

Was einem nicht gehöre, sei einem bekanntlich nichts wert, räsonierte die Alte, während sie durch die Gaststube trappelte und die Tischtücher glattstrich. Sie sprach jetzt leiser, mit hoher kreidiger Stimme, wiederholte offenbar, was sie schon unzählige Male vor sich hingesprochen hatte, litaneienhaft monologisierend.

Immer habe man im Dorf sein Eigenes gehabt und dieses Eigene, das spüre sie deutlich, komme ihnen nun abhanden.

Man habe doch seine Zugehörigkeit, sie jedenfalls habe sich immer zur Gemeinschaft gezählt, aber den Jungen bedeute das heute nichts mehr: die Dorfgemeinschaft. Früher sei das noch etwas gewesen, damals zur Zeit des Krieges, da habe man noch zusammengehalten, eben, als der Feind auf der Türschwelle stand, heute aber merke man nichts mehr, nicht einmal, wenn der Feind schon im Haus drin sei.

Wen sie denn als Feind betrachte, fragte er, aber sie überhörte ihn und wischte mit der Hand über das rauhe Gewebe eines Tischtuchs, als wischte sie seine Frage einfach weg.

Man müsse sich nur umschauen, wenn man ins Dorf hinaufginge, noch bevor man zum Heim käme, überall Lücken, auch wenn die Häuser noch dastünden, die Gemeinschaft sei löchrig geworden, alles hänge nur noch fadendünn zusammen, und im Oberdorf wittere man bereits das Ausland. – Zur Kriegszeit habe man das Gefühl gehabt, die Häuser seien zusammengestanden, die Arme ineinander verschränkt, jedes dem andern eine Stütze, und selbst der Reiseverkehr nach dem Krieg habe nichts daran zu ändern vermocht! Beide Fäuste auf die Tischfläche gestützt, sprach die Schankwirtin mehr zu den teils vergilbten Fotos an der Wand – Aufnahmen des Dorfes aus früheren Zeiten – als zu ihren beiden Gästen. Die hatten den Kaffee bereits ausgetrunken und machten sich ans Zahlen. Aber die Alte nahm davon keine Notiz.

Natürlich habe man während des Krieges im Dorf auch Fremde interniert gehabt, die Baracke oberhalb des Dorfes stehe heute noch, doch hätten diese Internierten damals arbeiten müssen, in den Steinbrüchen und im Almwesen, schwer geschuftet haben die!, teils mit den Unsrigen zusammen, und so sich gegenseitig Respekt abgenötigt. Ja, und einige der Internierten seien nach Kriegsende auch geblieben, Polen und Balten, die sich in die Dorfgemeinschaft eingefügt, wenngleich nicht völlig integriert hätten.

Die blossen Arme krümmend, sich ganz nach vorne neigend, so dass sie fast einen Katzenbuckel machte, schnaubte die Wirtin, aber diese Asylanten tun überhaupt nichts, spazieren herum, schlagen sich den Tag um die Ohren, und obendrein stellen sie noch Ansprüche!

Er versuchte die alte Frau zu unterbrechen, ob sie denn nicht wisse, dass Asylbewerber nicht arbeiten dürften, aber sie ging nicht darauf ein, wollte offensichtlich noch etwas loswerden und wandte sich direkt ihren Gästen zu: Noch nie ist es mir vorgekommen, dass mein Essen jemandem nicht geschmeckt hat, meine Minestrone, die ich den Durchreisenden immer serviere und serviert habe, ist noch allen wohl bekommen, bloss diesen Asylanten nicht, die haben tatsächlich das Essen verweigert und stattdessen verlangt, dass sie selber kochen dürfen. Aber hier koche ich, dafür habe ich einen Auftrag!

Die beiden Gäste waren aufgestanden und schoben die Stühle an den Tischrand, die alte Frau kam ihnen entgegen. Kommen Sie! rief sie ihnen zu, ich will Ihnen etwas zeigen. Kommen Sie! Die Wirtin ging den beiden erstaunlich schnell voraus, in den Durchgang zur Küche, wo sie einen Staubvorhang zur Seite schlug und auf ein im Dunkel liegendes Versteck zeigte. Im Dämmerlicht war knapp der Lauf eines Gewehrs auszumachen und der Kolben aus Holz, es war ein alter Armeekarabiner, der da zwischen Schuhen und Kartons in der Ecke stand. Der hat meinem Mann gehört, sagte die Alte mit einem listigen Lächeln, ich würde ihn notfalls schon zu gebrauchen wissen...

24

Von wem sie sich denn bedroht fühle, fragte er; die beiden Gäste standen im Halbdunkel des Durchgangs und wussten nicht, ob sie ganz in die Küche ein- oder den Rückzug antreten sollten. Die Alte schaute sie aus wässrigen Augen stumm an, schliesslich aber kam Bewegung in sie, sie schubste die beiden vor sich her in den Schankraum hinüber und liess den Staubvorhang hinter sich zufallen. Als er dort das Portemonnaie wieder aus der Tasche zog, wies sie die Bezahlung des Kaffees entschieden zurück, sie sollten es für diesmal gut sein lassen. Dann wurde ihre Stimme wieder leiser, beinah wehklagend, man meine es ja nur gut mit diesen Leuten, noch nie habe sie ein böses Wort gegen sie fallen lassen; aber die Kirche müsse eben doch im Dorf bleiben.

Die beiden Wanderer gingen zur Tür, dort blieben sie stehen und warteten auf eine Gelegenheit, sich bedanken zu können, die Wirtin aber war bereits an ihnen vorbeigewischt, sie kam ihnen zuvor und öffnete die Tür. Auf der Schwelle musste sie kurz verschnaufen, dann seufzte sie, es sei halt doch nicht mehr dieselbe Luft hier oben! Sie zeigte zum steil aufsteigenden Berghang hinauf, immer wenn der Wind über den Pass wehe, führe er den Gestank der Tunnelentlüftung mit.

Einen Augenblick blieben sie schweigend unter der Türe stehen, verfolgten die Serpentinen der Passstrasse bis hinauf, wo sie hinter der Kuppe des Berghanges verschwanden. Es war ruhig im Dorf, fast gespenstisch ruhig, kein Verkehr und kein Mensch auf der engen Dorfstrasse, es lag ein tiefer Schatten über den Hausdächern, aber gerade brach das erste Sonnenlicht über die rechte Talseite ein und kroch an die dicht aneinandergerückte Häusergruppe heran.

Die Firnfahrt

Als die Bergbahn in den Tunnel hineinrollte, lullte
das Palaver im vollbesetzten Waggon langsam ein,
das Rattern der Zahnräder verstärkte sich zu einem
an- und abschwellenden Dröhnen und übertönte alle
anderen Geräusche. Nach der gleissenden Gletscher-
helle sahen die Gesichter im künstlichen Licht nun
abgespannt und bleich aus, die Einfahrt in den Tunnel, das Heranrücken der roh behauenen Felswände,
hatte die anfängliche Aufregung der japanischen
Touristen gedämpft, wie aus Elfenbein geschnitzt
sassen sie auf den Sitzbänken, gegen die starke Nei-
gung gelehnt, sie hatten, ob des zunehmenden
Drucks in den Ohren, ihre Kameras und Videoauf-
nahmegeräte auf einmal vergessen.

Auch Renz litt unter den Einwirkungen des Berg-
drucks. Er sass, ohne aufzuschauen, auf der Holz-
bank und starrte auf die Gummirippen am Boden,
konzentrierte sich nur auf seinen Atem. Fanni sass
neben ihm und versuchte ihn aufzumuntern, sie, die
Bergungewohnte, sprach ihm Mut zu und erheiterte
sich zugleich über seine plötzliche Anwandlung.
Spürst du nichts? fragte Renz, aber Fanni lachte auf
und zog damit die konsternierten Blicke ihrer japani-

schen Sitznachbarn auf sich. Renz war gefasst gewesen auf seine Schwäche, er wusste, Tunnelfahrten, besonders in engen Stollen und bei steilem Anstieg, waren nichts für ihn, aber es war ihnen keine andere Wahl geblieben, wenn sie auf den Firn hinauf und den Gletscher hinunterfahren wollten. Zunehmende Atemnot. Einmal war er, als sie in einem Autobahntunnel in einer Wagenkolonne steckengeblieben waren und die Autolenker keine Anstalten machten, ihre Motoren abzuschalten, beinahe ausgeschert und auf die Gegenspur ausgebrochen, er wäre geradewegs weggerast, wenn seine Begleiter ihn, den Winselnden, nicht mit Gewalt zurückgehalten hätten. – Er hielt sich beide Augen zu, Fanni schaute ihn an und beugte sich zu ihm hinüber, massierte ihm mit der einen Hand leicht das Genick. Geht's? fragte sie. Renz schüttelte den Kopf, griff sich ins Haar. Hätte man ihn vorher gefragt, er hätte es nicht zugegeben, nichts davon wissen wollen, er musste es immer wieder aufs neue erzwingen, im starrsinnigen Glauben, dass er seine Schwäche – war es Platzangst oder Höhenkrankheit? – einmal überwinden würde.

Nein, es ist nicht nur das, dachte er, es geht immerhin auch um Fanni, wir hätten uns eine leichtere, eintägige Tour vornehmen sollen. Er lächelte angestrengt und sah ihr von unten ins Gesicht: und dir geht's gut? Sie schürzte die Lippen, nickte. Die Bahn rumpelte unter eintönigem Geleier bergan, es war noch immer still im Waggon, niemand sprach, oder die Stimmen wurden übertönt, wie in einem

Stummfilm, dieselbe Tonlosigkeit sich bewegender Münder, auch Schläfrigkeit, Passivität, ja, Renz hätte gern, wie das einige taten, ein wenig vor sich hingedöst.

Sie hatten sich mit ihrem Entschluss, doch noch auf diese Tour zu gehen, schwer getan, nicht nur des unsicheren Wetters oder seiner Tunnelängste wegen. Sie hatten lange gezögert und den Frauenarzt gefragt, ob die Höhe Fannis Zustand beeinträchtigen würde, hatten sich dessen vorsichtige und zur Vorsicht mahnende Antwort hin und her überlegt, und zuletzt war gerade diese Unverbindlichkeit ausschlaggebend gewesen. Du bist ja erst im zweiten Monat, hatte Renz mit einer ungeduldigen Geste gerufen, sollen wir nun auf alles verzichten? Und wissend, dass sie liebend gerne mitkam, hatte er schon fast trotzig hinzugefügt: geschehe, was wolle, du bist eine robuste Natur!

Renz suchte den Boden ab, schaute den Mittelgang entlang zur Tür, er brauchte Raum, um frei atmen zu können, aber die Bahnbeamten hatten die Türen mit einem Vierkantschlüssel verriegelt, das hatte er gesehen, sie sassen also hier drinnen fest, nirgends ein Fluchtweg, höchstens im Vorraum gab es Platz, dort hätte man sich notfalls am Boden hinlegen können. Von der Gepäckablage baumelte der lederne Riemen einer Kamera, pendelte hin und her, wollte nicht auspendeln, was hatten sie sich eingebrockt, ein Aufbruch in die Berge, obwohl Fanni – er musste es sich immer wieder vorsagen – schwanger war. Sie hätten nicht so schnell aufbrechen sollen, nicht innerhalb von Stunden auf dreieinhalbtausend Meter ... Renz faltete die Hände im Nacken und beugte sich mit angelegten Ellbogen nach vorn, wir werden es überstehen, sagte er sich, ich werde es überstehen.

Im Moment als sie sich entschieden und die Rucksäcke hervorgeholt hatten, ja, sogar noch den nächstbesten Zug zu erwischen gedachten, waren ihre Bedenken wie weggewischt gewesen und der Vorfreude gewichen; befreit hatten sie gelacht über ihre Entschlussfähigkeit. Renz war sich nicht mutig vorgekommen, aber er wusste genau, dass er das Risiko für sie miteinkalkulierte.

Eine weibliche Lautsprecherstimme kündigte die erste Zwischenstation an, die Höhe über Meer und die zu bewundernde Aussicht, fünf Minuten Aufenthalt für den weltberühmten Ausblick auf die Nordwand und hinunter ins soundsoviel Meter tiefer liegende Tal. Die japanische Version der Ankündigung entfachte mit einem Schlag auch das Palaver im Waggon wieder, wenig später hielt die Bahn ruckend an und der Kondukteur ging mit dem Vierkantschlüssel von Wagentür zu Wagentür. Renz atmete tief durch, blieb aber mit Fanni sitzen, als die andern Fahrgäste zu den im Granit eingelassenen Fenstern hinausdrängten, allein schon das Licht brachte ihm Erleichterung.

Bei der Weiterfahrt wünschte sich Renz nichts so sehr, als oben anzulangen, endlich zum Stollenloch hinaustreten, auf die Skis stehen und hinunter über den leicht abfallenden Firn schwingen zu können, er fixierte sich in Gedanken ganz auf die Firnfahrt, auf das blendende, ihn umgebende Licht und meinte zu Fanni gewendet: es wird Neuschnee haben, leichten Pulver . . . freust du dich? Er sah sie lächelnd nicken und dachte an das Wort, das sie am Vorabend wie zur Abwendung èines Unheils in den Mund genommen hatte, sie wolle, so hatte sie gesagt, nicht etwa einen Spontanabort auf dem Gletscher. Sie hatte vor dem Spiegel gestanden und am Haar genestelt, er hatte getan, als verstünde er das Wort nicht, liess unausgesprochen, was er dachte, ja, schon lange gedacht und immer wieder verdrängt und schliesslich ganz und gar ausgeschlossen hatte: ob sie sich überhaupt . . . Er hatte die Frage weggewischt, mit einer fahrigen Geste, hatte sich erkundigt, ob sie mit dem Arzt gesprochen habe. Sie befestigte einige Nadeln im Haar, jaja, er habe ihr nur geraten, jegliche Anstrengung zu vermeiden. – Sie werde sich auch nicht anstrengen müssen, hatte er ihr schnell versichert, sie müsse ihn auf seinen Aufstiegen nicht begleiten, sie könne sich in der Hütte ausruhen, vielleicht an der Sonne liegen, während er in die Höhe schwitzt, zusammen würden sie nur die Abfahrt machen, sie kenne ja diese Route vom Vorjahr, bestimmt nichts Anstrengendes, ja, für einmal dürfe sie sich nur auf den schönen, bequemen Teil freuen. Oben an der Bergstation interessierte er sich weder für das Eismeer noch für Eisskulpturen, er war einfach froh den Tunnel hinter sich zu wissen

und in die erweiterte Felsenhalle der Station hinein-
zurumpeln. Als sie sich mit der Touristenschar vor
der Waggontür drängelten, bevor der Kondukteur
aufschloss, erklärte er, er brauche zuerst einen starken Kaffee, sonst bringe er keinen Schritt zustande.
Überschwenglich fiel ihm Fanni um den Hals, du
kannst Gedankenlesen!, rief sie mitten im Gedränge,
unter den erstaunten, ihr zugewandten Gesichtern.

Das Stollenloch war meterhoch zugeschneit, man
musste an einem Seil hochklettern und die Rucksäcke und Skis nachziehen. Renz half Fanni über die
ins Eis gehauenen Stufen hinauf zur Kuppe, und endlich standen sie über der leeren, weiten Fläche des
frisch verschneiten Firns; Himmel und Horizont waren milchig überzogen und die Schneeberge ringsum
föhnig erhellt. Wenn sich der Föhn halten kann,
meinte Renz, haben wir Glück. Eine raumgreifende
Stille herrschte hier oben, nach dem Rattern der
Zahnradbahn, hier verflüchtigte sich jedes, auch das
kleinste Geräusch, das Klicken der Skibindung und
Zuschnappen der Schuhschnallen, in der dünnen
Luft. Eine Weile blieben Renz und Fanni auf den Skis
stehen, schauten hinunter in diese Stille, bevor sie
sich, kurzentschlossen, mit den Stöcken abstiessen.
Es war tatsächlich Pulverschnee, der unter den
Skis wegspritzte und ihnen bei Schwüngen feinkör-
nig ins Gesicht sprühte. Renz liess sich fast ohne Anstrengung über den spurenlosen Abhang hinunter-
tragen, vom Vorjahr wusste er, dass sie sich rechts

halten mussten, um an einem Gletscherabbruch vorbeizukommen, er fuhr deshalb einen weiten Bogen und traversierte hinüber zu einem flacheren Teilstück. Zurückblickend sah er Fanni dicht hinter sich und noch weiter hinten das bereits über der Kuppe verschwindende Panoramarestaurant der Bergstation; sie waren jetzt, so weit sie sehen konnten, allein.

Ohne zu verschnaufen, fuhren sie bis ganz hinunter, wo der Firn auf einen Gletscherplatz auslief, und hielten nebeneinander an. Renz wischte sich den Schnee von den Kleidern und half Fanni, die sich mit einem Wonneschrei hatte fallenlassen, wieder auf die Beine. Sie standen im tiefblauen Schatten einer Bergspitze, gegenüber von türkisfarbenen, aufeinandergetürmten Eisbrocken, in einer Stille, die ihnen, wären sie sich ihrer voll bewusst gewesen, vielleicht Angst gemacht hätte. Fanni aber befreite sich prustend vom Schnee, der ihr das Gesicht wie eine Maske bedeckte. Sie fuhren nun, sich mit den Stöcken beschleunigend, über den flachen Teil des Gletschers hinweg, Renz, unter der Last des Rucksackes vornübergebeugt, folgte in der Spur Fannis, es war ein müheloses Vorwärtskommen, ein leichtes Dahingleiten, wie ein Hineingleiten ins Vergessen.

Dies war das einzige, das Renz suchte in den Bergen, das Vergessen, unter der Last des Rucksackes konnte er schwitzen, aber zugleich auch eine Kopflast loswerden; Ballast abwerfen, das hiess für ihn, sich Klarheit verschaffen, sich in der dünnen Luft aus einem Gedankenwust hinausarbeiten.

Nachdem sie kurz Rast gehalten und die Haftfelle auf die Skis aufgezogen hatten, setzten sie den Weg fort, über den Gletscherplatz, auf dem sie im starken Licht wie ausgeblendet waren. Renz hielt sich dicht an Fanni, obwohl er einen Augenblick mit dem Gedanken gespielt hatte, den längeren, steileren Aufstieg über die Fluh zu wählen, und sie den bequemeren Weg zur Hütte allein gehen zu lassen. Er hatte sich nur ungern anders entschieden, liess sich aber Fanni gegenüber nichts anmerken. Zusammen also stiegen sie der tiefstehenden Nachmittagssonne entgegen, Fanni musste mehrmals halt machen, die dünne Luft, japste sie, setze ihr dieses Jahr mehr zu als auch schon, und trotz des leichten Anstiegs erreichten sie die Hütte später als erwartet. Die Sonne hatte sich bereits in die Tallücke gesenkt und warf lange Bergschatten auf den Gletscher, als sie sich am Seil über die eingeschneiten Stufen zum Hütteneingang hinabliessen.

Im Schein der Petrollampen sassen sie am Abend mit andern Skitourenfahrern am Tisch. Renz hatte sich an der Durchreiche eine Karaffe Wein geholt, obwohl er wusste, dass der Wein ihm sofort zu Kopf steigen und die Müdigkeit in die Augen treiben würde. Mit erhitztem Kopf also hörte er auf die Gespräche der andern, er wäre fast eingenickt, als Fanni aufstand und erklärte, sie sei zu erschöpft, um noch länger aufzubleiben. Renz gähnte, er komme auch gleich, und goss sich den Rest des Weines ins Glas.

34

Das allgemeine Stimmengewirr im Raum war inzwischen verebbt, nur an seinem Tisch wurde noch eingehend diskutiert. Renz nahm das Gespräch bloss halb wahr, wie ein Traumgemunkel. Ein blonder Wuschelkopf mit Nickelbrille hatte sich eine Stirnlampe aufgesetzt und fuhr mit dem Zeigefinger auf einer ausgebreiteten Karte herum. Offenbar suchten er und seine Begleiter nach einer geeigneten Tour, wobei sie sich jedoch nicht einig wurden und einander bereits die Finger von der Karte stubsten. Der Blondschopf brachte immer wieder Einwände besonders gegen ein bestimmtes Berggebiet vor, um das er sich anscheinend herumdrücken wollte. Er verhaspelte sich mehrmals, wenn dieser Berg genannt wurde, und schliesslich verstummte er ganz. Dann, ohne weiter gefragt worden zu sein, sagte er, ob sie nicht wüssten, dass sein Freund, Klaus, auf einer Bergtour mit ihm in diesem Gebiet verunglückt sei. Mitten im Sommer. Bei besten Bedingungen. Die andern schauten sich, um Worte verlegen, ins Gesicht, nur ein junger Bursche, der bisher am meisten mit dem Finger gerade auf diese Stelle gezeigt hatte, rief: Also hier war das! – Der Blondschopf nickte. Dabei sei es keine extreme Klettertour gewesen. Vielleicht etwas lang, aber keineswegs extrem. Jedenfalls nicht für Klaus, der ohnehin der bessere Kletterer gewesen sei. – Er schüttelte befremdet den Kopf: in seiner damaligen Verfassung hätte sich Klaus auf nichts einlassen sollen. Zwar sei er körperlich fit gewesen, aber, das könne man heute mit Bestimmtheit sagen, psychisch nicht.

Renz nahm einen Schluck Wein, die Worte des Blondschopfs kamen von weit weg, es sei, hörte er ihn sagen, nicht einmal an einer heiklen Stelle geschehen, keine schwierige Wand, sondern lose geschichtetes Gestein, über das man, wenn man zügig gehe, mühelos hinwegkomme. Aber ausgerechnet hier sei Klaus einen Moment stehengeblieben. Einen Moment zu lang. Ich bin einige Meter hinter ihm geklettert. Angeseilt waren wir noch nicht. Da bricht das Gestein unter seinem Fuss ab, und er: weg! – Ich musste ihm sogar blitzschnell ausweichen . . .

Niemand wagte etwas zu sagen, auch Renz rührte sich nicht, nur das Geräusch der Lampe war zu hören; sogar der Bursche, dem, Renz sah es wohl, die Fragen auf der Zunge brannten, schwieg. Es kann jeden erwischen, der extreme Sachen macht, sagte der Blondschopf, aber vor allem soll man nicht mit Konflikten in die Berge. Und wie bist du da rausgekommen? fragte der junge Bursche nun doch, bist du umgekehrt? Der Blondschopf hüstelte trocken: ich? Ich konnte weder vorwärts noch zurück. Auf einem Felsvorsprung versuchte ich zu biwakieren, es war heller Tag und, wie gesagt, sehr heiss, aber ich zitterte am ganzen Leib, ich konnte nicht ruhig hocken. Zuletzt bin ich dann doch weiter und erreichte gegen Abend den Gipfel. Wie, das könnte ich heute nicht mehr sagen. Ich weiss es nicht. Nur dass ich oben sass und heulte, und dass ich nicht daran glaubte, je von diesem Berg runter zu können. Der Blondschopf schwieg wieder, während die andern jungen Männer untereinander leise zu diskutieren begannen. Renz schob das Weinglas unausgetrunken weg, er räusperte sich, sagte halblaut gute Nacht.

Langsam stieg er die Treppe hinauf ... vor allem nicht mit Konflikten in die Berge ... Er tappte im Dunkel in den Schlafsaal und fand Fanni im hinteren Teil des Matratzenlagers unter rauhen Wolldecken zusammengerollt. Er zog sich aus und legte sich eng an sie, aber sie schlief bereits, so lag er lange wach, spürte wieder die Beklemmung, die Atemnot wie bei der Tunnelfahrt.

Gegen Morgen liess Renz etwas frische Luft in den stickigen Raum. Draussen dämmerte es bereits, aber der Himmel war nicht von jener luziden Helle, die Sonne und klares Wetter versprach. Er legte sich wieder hin, doch an Schlaf war nun nicht mehr zu denken, das Haus war voller Geräusche: herumtappende Füsse, ratschende Reissverschlüsse, aneinanderreibender Nylonstoff; man schien des veränderten Wetters wegen zeitig aufzubrechen.

Auch beim Frühstück beeilte man sich allgemein, während einige über ihr Vorhaben unentschlossen schienen und Varianten besprachen, drängten andere bereits zum Gehen. Wieder und wieder trat jemand ans Fenster und blickte auf die Gletschermulde hinunter, die sich, bei zunehmender Helligkeit auf den Berggipfeln, immer mehr vernebelte und verdüsterte. Auch der schnauzbärtige Hüttenwart meinte, eine

Abfahrt über den Gletscher sei jetzt für Ortsfremde zu riskant, die Spuren seien alle zugeschneit und die Spalten im Nebel kaum zu erkennen. Schon einmal in diesem Winter hätten sich zwei Tourenfahrer auf dem Gletscher verirrt und hätten die Nacht im Freien verbringen müssen.

Verschlafen kam nun auch Fanni herein, Renz sass am Tisch und schwenkte Teebeutel in einer Tasse mit heissem Wasser, er starrte in den sich langsam bräunenden Tee, mied Fannis Blicke, die ihn ausforschten, die, wie er wusste, beinah schuldbewusst an ihm hingen. Die Aussicht, wieder umkehren, also den Rückzug antreten und mit der Bahn hinunterfahren zu müssen, verstimmte ihn, aber mit Fanni über den Gletscher, das war nun zu riskant und alles andere, Gipfeltouren mit anderer Abfahrt, zu anstrengend für sie. Der Föhn ist zusammengebrochen, sagte er schliesslich, ohne aufzuschauen, wir müssen wieder retour. Er achtete nicht auf ihre Fragen, die sie nur stellte, um sich aus der Verlegenheit zu retten, sondern sagte kurz: meinst du, es geht, über den Firn? Fanni nickte bedenkenlos, natürlich!, und lachend, wie um ihm eine Sorge zu nehmen: es muss! – Dann wollen wir bald los, sagte Renz und hob die weitrandige Teetasse an den Mund, schlürfte das heisse, ungezuckerte Gebräu lauter und schneller als gewohnt, dabei spornte er Fanni mit Blicken an, wie angetrieben durch die Aufbruchstimmung im Raum, wo ebenso wortlos Rucksäcke zugeschnürt, Eispickel und Anseilgurten bereitgelegt wurden.

Als sie aus der Hütte traten, blies kein Wind, kein Lüftchen ging, der Windsack über dem Hausdach, am Vorabend noch gebläht, hing schlaff herunter, und auf den Bergkämmen waren keine Schneefahnen zu entdecken. Über den Himmel hatte sich eine zerknüllte Wolkendecke gebreitet, und nur in der Richtung, aus der Renz und Fanni gekommen waren, gab es noch einige blassblaue Lücken.

Renz war als erster auf den Skiern, er stand gebückt an der Kante des Steilhanges und gab Fanni mit dem Stock ein Zeichen, dabei verlor er beinah das Gleichgewicht und konnte sich erst nach einigen Metern, unter Herumwerfen des Rucksackes, wieder aufrichten. Fanni überholte ihn, ihm ins Gesicht lachend, und gab ihm einen Schubs in den Rücken. Sie fuhren schräg den Hang entlang, oberhalb der Spur, die sie am Vortag gezogen hatten, hinter einer Vierergruppe her, die sich wie Reihenmännchen zur Fluh hinaufbewegte. Sie überquerten mehrere Spuren, vermieden es möglichst, zu weit nach unten getragen zu werden, um gleitend und ohne aufsteigen zu müssen zum Gletscherplatz zu gelangen.

Der Schnee war nicht mehr hell und gleissend, sondern gräulich stumpf, ein Schneepanzer mit lauter Dellen und Höckern. Die wenigen vorhandenen Spuren waren über Nacht verharscht, ihre Skis holperten quer darüber hinweg und wurden gebremst, blieben schliesslich darin stecken. In der plötzlichen Stille tönte Renz' Stimme wie ein Fluchen: ziehen wir die Felle auf! Mit einer Hüftdrehung warf er den

Rucksack ab, blickte zur Passlücke zurück und beobachtete die dort aufziehenden Nebelschwaden.

Der Aufstieg über den Firn, das wusste Renz, würde nicht ganz so mühelos sein, wie er Fanni vorgemacht hatte, deshalb drängte er darauf, den ersten, flacheren Teil möglichst rasch hinter sich zu bringen. Überhaupt wollte er das ganze schnell hinter sich haben, allein schon der Gedanke an die Rückfahrt im Tunnel versauerte ihm den Tag, er wünschte, sie wären bereits wieder unten, verwünschte das Wetter und ganz allgemein die Tatsache, trotz anfänglicher Bedenken hergekommen zu sein. Erstmals, seitdem Fanni ihm eröffnet hatte, dass sie schwanger sei, wurde ihm eigentlich bewusst, was dies für sie bedeute. Bisher hatte ihnen nie etwas im Weg gestanden, sie hatten nie das Gefühl gehabt, nicht das tun zu können, was sie wollten. Noch nie waren sie auf ihren Wanderungen zur Rückkehr gezwungen worden, auch damals, als sie mitten im Sommer vor dem Buckel eines mächtigen Lawinenkegels gestanden hatten und ein Weiterkommen unmöglich schien, waren sie ohne zu zögern durch den Schneematsch gestapft und über zersplitterte Baumstämme und hinaufgepflügte Wurzeln geklettert. – Und jetzt kehrten sie um, dabei, dachte Renz, hätte man es doch darauf ankommen lassen können, ja, das wäre die natürlichste Lösung gewesen.

An den Schneehängen hochblickend spürte er nur noch eines: wir müssen raus hier, er hätte Fanni zur Eile antreiben wollen, war mehrmals versucht, ihr zuzurufen, etwas schneller bitte! stiess jedoch nur Luft aus. Es kam ihm vor, als kröchen sie wie Schnecken über den Firnschnee, von Zeit zu Zeit blieb er stehen, um dann schneller und in seinem gewohnten Tempo aufholen zu können. Einmal holte er Fanni ein und schnaufte, ausser Atem: nimm dir nur Zeit, wir haben den ganzen Tag!

Es war noch nicht allzulange her, als sie ihn mit ihrer Eröffnung, der Schwangerschaftstest sei positiv gewesen, ebenso überrascht hatte, wie sie es selber war. Er hatte es ihr am Telephon angemerkt, ihr Stocken mitten im Satz, die Pause, wohl um auf seine Reaktion, einen freudigen Ausruf vielleicht, zu warten. Er aber fühlte sich auf dem falschen Bein erwischt, so dass er nichts anderes wusste, als trocken zu lachen: so sei halt die Natur. In der Stille, die entstanden war, in dieser noch vertieften Stille am Draht, hatte Fanni vernehmlich geseufzt und zögernd – denn sie kannte seine Antwort – gemeint: es muss nicht sein, weisst du. – Nein, dachte Renz, so weit wäre er nicht gegangen, zu sowas hätte er sich nie entschliessen können.

In immer kürzeren Abständen musste Fanni anhalten und, vornübergebeugt, tief Atem holen, dabei, so meinte sie, fühle sie sich mitnichten müde oder überanstrengt, nur mache ihr die dünne Luft zu schaffen. Sie mimte ein Lächeln: ich atme halt für zwei. – Machen wir kurz halt, schlug Renz vor, er spürte Trotz in sich aufsteigen und zeigte widerwillig mit dem Skistock auf eine Felsnase, die in den Firnschnee hineinragte.

Sie zogen die Skis nicht aus, setzten sich seitlich auf ein ausgebreitetes Nylon, Renz entnahm seinem Rucksack etwas Proviant und reichte Fanni die Teeflasche. Zum Himmel aufschauend, der vom Nebeltreiben nunmehr ganz verdeckt war, meinte er: wir können höchstens zehn Minuten rasten. Fanni trank etwas Tee, mochte aber nichts essen, sie wollte gleich wieder aufstehen, ihm nochmals beteuernd, dass sie keineswegs müde wäre. Ich glaub dir ja, meinte Renz, ich habe nie bezweifelt, dass du es schaffst. Er knabberte ohne Appetit an einem getrockneten Wurststengel, sah zu, wie sie sich bereit machte und ohne weitere Aufforderung loszog. Ich komme gleich nach! rief er in die Stille hinaus. Während er sich wegdrehte und zwischen seinen Skis eine Urinspur im Schnee absetzte, sah er Fanni bereits den ersten Steilhang hochsteigen, kräftiger jetzt und ohne Verschnaufpausen. Er knöpfte sich die Hose zu, immer links halten!, schrie er hinter ihr her.

Schon nach kurzer Zeit sah er sie nicht mehr, sie war über dem Hügelbuckel verschwunden. Er folgte zunächst in ihrer Spur, dann aber, um sie schneller einzuholen, wählte er einen steileren Anstieg, durch weicheren, tieferen Schnee, und war nun seinerseits bald ausser Atem, musste immer häufiger anhalten. Als fürchtete er sich, allein gelassen zu werden, forcierte er das Tempo, kam aber deswegen nicht schneller voran, im Gegenteil, er rutschte mehrere Male zurück. Den dicken Schnee an Ort tretend hielt er einen Augenblick an. Er formte die Hände zum Trichter und rief ihren Namen wiederholt den Steilhang hinauf, ohne dass eine Antwort zurückgekommen wäre; seine Rufe verflogen ebenso wie der Hauch aus seinem Mund. Er setzte sich wieder in Bewegung und erreichte keuchend den ersten der sich aneinanderreihenden Firnbuckel. Nun sah er auch Fanni wieder, weiter vorn als vermutet und weiter links, zügig den zweiten Hang angehen.

Renz konnte nicht mehr an sich halten, wieder rief er: bleib stehen! Warte auf mich!, aber Fanni reagierte nicht. Er selber hörte seine Rufe kaum, hörte auch kein Echo, es war, als hätte er keine Stimme oder als wären die in der Luft treibenden Nebelfetzen aus Watte. Er arbeitete nun kräftiger mit den Armen, fand auch bald wieder ihre Spur, kam darin besser vorwärts, aber nie in Rufweite an sie heran. Er spürte ein Zittern in den Knien, fühlte sich dem Schnee machtlos ausgeliefert, Fanni schien entschlossen, allein vorauszugehen, sich selber vertrauend, aber kannte sie den Weg? – Er war bereit zum Schreien, gellend zu den Schneekappen hinauf, die wie spitze Hüte durch den Nebel trieben, er rief nun nicht mehr, sondern schrie ausser sich und grell verzerrt ihren Namen. Benommen kauerte er sich hin, starrte auf das leuchtende Rot seiner Skis, ein Rot, das, wie er sich unsinnigerweise erinnerte, gemäss dem Verkäufer sogar durch dreissig Zentimeter Schnee, also auch wenn man unter einer Lawine begraben wäre, leuchten würde.

Als Renz wieder aufblickte, sah er, dass Fanni

mitten auf der Traverse stillstand, ja, sie bewegte sich tatsächlich nicht mehr vorwärts, schien sich sogar hinzusetzen und auf ihn warten zu wollen. Er richtete sich auf, gab ihr mit dem Stock Zeichen, warte, ich komme!, aber Fanni erwiderte keines davon. Er zog entschlossen los, was zum Teufel! rufend und unbeherrscht den Arm durch die Luft schwingend. Im Näherkommen sah er, dass sie seitlich an den Hang hingekauert im Schnee lag und sich nicht rührte. Er verliess ihre Spur, verkürzte den Gleitschritt, ging senkrecht den Tiefschneehang hinauf.

Fanni hatte sich hingekuschelt, stellte Renz unwillig fest, er hörte sie trotz seines rasselnden Atems sagen: ich kann nicht weiter. Er stampfte mit dem Ski auf, was soll das heissen? Wir müssen weiter! Fanni hatte die Skis ausgeklinkt und versuchte mit angewinkelten Beinen, sich darauf zu legen. Ich kann aber nicht, sagte sie leise, ich habe Blut verloren. Näherrückend schaute er auf die ausgebuchtete Stelle, an der sie gekauert hatte, und entdeckte tatsächlich eine bereits versickerte hellrote Blutspur. – Es wird nicht schlimm sein, sagte Renz, indem er mit dem Skistock weissen Pulverschnee über den Flecken stäubte. Fanni schüttelte den Kopf: nein, ich darf nicht weiter. Renz bückte sich ganz zu ihr hinunter, dabei fiel ihm auf, wie bleich sie war. Fanni, sagte er eindringlich, in einer Stunde wird man hier unten nichts mehr sehen. Er deutete auf die nebelverhangenen Bergspitzen: wir haben gar keine Wahl! – Fanni liess den Kopf zurücksinken: aber verstehst du nicht? Wenn ich weitergehe... Renz starrte zu den Eistrümmern hinüber, die ihm vorkamen wie ein Zähneblecken, er fluchte leise und verstummte, blieb aber stumm insistierend neben ihr stehen und wiederholte nach einer Weile unterdrückt: wir müssen weiter. – Nein, ich muss in ein Spital! Fanni umfasste Renz' Standbein, schaute zu ihm hoch, in sein in sich gekehrtes Gesicht, sie spürte an seinem Zögern, an seiner Verstocktheit, die Antwort, die er nicht über die Lippen zu bringen wagte, und rief, an seinem Knie rüttelnd: es muss nicht sein... schliesslich ist es mein Risiko.

Beinah aus dem Gleichgewicht gebracht, löste sich Renz aus seiner Gedankenstarre, gereizt stellte er den Rucksack in den Schnee und nestelte an den Schnüren. Es kann Stunden dauern, bis man dich holt, sagte er. Er zerrte das Nylon hervor: leg dich da drauf! Ich lass dir meinen Rucksack, es ist alles da, wenn du etwas brauchst, warme Sachen, Essen... Er murmelte noch etwas, als wollte er ihr Mut zusprechen oder einen Rat geben, dann wandte er sich abrupt ab und stieg hektisch ausschreitend den Hang hinauf. Bevor er über der Kuppe aus Fannis Blickfeld geriet, rief er, mehr zu den Berghängen hinauf als zu Fanni hinab; rühr dich ja nicht vom Fleck!

Ohne zurückzublicken stieg er vorwärts, nicht mehr im Zickzackkurs, sondern direkt auf der steilsten Route und geriet dabei rasch ausser Atem. Immer häufiger musste er anhalten, in die totale Stille hinaushorchend, in der nur sein Schnaufen zu hören war und, wenn er den Atem anhielt, das ferne Bullern von Schneerutschen, die er aber, so sehr er die Augen anstrengte, nicht ausmachen konnte. Er bemerkte, dass er beim Anheben der Beine zitterte, ein Zittern, das sich auf den ganzen Körper übertrug und ihn am Vorwärtskommen hinderte. Er holte tief Luft, versuchte die Angst niederzuringen, sie zu unterdrücken oder einfach hinunterzuschlucken; du darfst nichts denken, schärfte er sich ein, und dachte dabei, es musste passieren.

Ich habe es darauf ankommen lassen, sagte er sich im Rhythmus seiner Arm- und Beinbewegungen, ich habe damit gerechnet und mich stillschweigend über sie hinweggesetzt. Nie hätte ich ihr etwas gesagt, und doch habe ich sie hier hinaufgeschleppt. – Du hast es so gewollt! Renz' Stimme klang wie ein Bellen, das ohne Hall verkläffte.

Ihre Diskussionen, die sie früher miteinander hatten! Verbale Auseinandersetzungen, in denen er sich mit grossen Worten gegen den Schwangerschaftsabbruch ausgesprochen hatte, wenn sie meinte, dass die Entscheidung letztlich bei der Frau liege. Wie könne man etwas entscheiden, das bereits geschehen sei. Und auch der Vater habe doch mitzureden. Es gehe um das Leben, und auch ein Ungeborenes sei unbezweifelbar ein Leben . . . Dafür hast du sie zu dieser Gletschertour überredet! – Er ging viel zu schnell, dachte nicht mehr ans Kräfteeinteilen, seine Skis kreuzten sich, blieben stecken, er fiel vornüber. – Du feiger Hund! schrie er, mit den Stöcken hilflos um sich schlagend.

Schwerfällig rappelte er sich auf, er war in Schneeverwehungen geraten, merkte, als er aufschaute und durch die Nebelschleier plötzlich das Panoramarestaurant über sich erblickte, dass er sich verstiegen hatte. Für einen Augenblick glaubte er, Leute an den Fenstern erkannt zu haben, er zog seinen Pullover aus und schwenkte ihn wild durch die Luft. Darauf stieg er weiter, unter der Felswand durch, in die Richtung, in der er den Stolleneingang vermutete. Dazwischen liess er immer wieder Arme und Pulloverärmel über seinem Kopf kreisen, obwohl er genau wusste, dass man ihn hier unten schwerlich sehen konnte. Fanni wird mir noch verbluten, winselte er, durch knietiefen Schnee watend, und ihr sitzt da oben und trinkt Tee. Schräg über sich sah er den Schneewulst, hinter dem der Stolleneingang liegen musste, aber er kam nicht mehr vorwärts, er steckte bis zu den Oberschenkeln im Tiefschnee. Zurücksinkend heulte er an den vereisten Felsen empor.

Da sah er einen Mann mit hellroter Jacke über den Rand des Stollenloches steigen und begann, für den andern kaum verständlich, hinaufzurufen. Eine Weile schrien sie hin und her, der andere konnte ihn nicht verstehen, trotzdem schien er begriffen zu haben, denn Renz hörte das Knacken und Rauschen eines Funkgeräts. Mit Armen und Beinen rudernd, arbeitete er sich heraus, pfadete sich irgendwie zum Stolleneingang hoch; dankbar packte er die Hand, die ihn auf den flachgetretenen Absatz hinaufhievte. Schweratmend, beinah hechelnd, stand er zunächst da und brachte nur ein Wimmern über die Lippen. – Was nun eigentlich mit seiner Frau sei, fragte der Mann mit dem Funkgerät, ob sie etwas gebrochen habe. Renz schüttelte den Kopf: bitte, lassen Sie einen Helikopter kommen! Es klang wie ein Betteln, Renz kam sich einen Moment lächerlich vor, als hätte er einen Taxi hierher bestellt. Der Rettungsmann aber hatte bereits die Taste seines Funkgeräts betätigt, und gleich darauf ertönte daraus eine zerscherbte Stimme. Er ist schon unterwegs, sagte der Mann ruhig, aber Renz war nicht mehr zu beruhigen, sein Finger fuhr zitternd auf der Karte herum, die ihm der andere mit der Frage hinstreckte, ob er sagen könne, wo ungefähr seine Frau liege. Er sah nur ein Gewirr von feinen blauen Linien und vor allem weiss, ein ihn für alles blind machendes Weiss; er bemerkte plötzlich, dass er seine Schneebrille unterwegs verloren hatte. Der Mann im roten Pullover deutete auf die Uhr, wie lange er nun schon allein unterwegs sei, eine halbe Stunde oder weniger, dann könne sie wohl nicht weit unten liegen, wahrscheinlich gerade unterhalb der Séracs. Renz erinnerte sich an die Eistrümmer, nickte. Dann also auf dreitausenddreihundert entschied der Mann und sprach erneut in sein Funkgerät.

Die müssen gleich da sein, sagte der Rettungsmann, gleich werden sie auftauchen. Renz hüstelte, wäre es nicht besser, er fahre wieder hinunter, es müsse doch jemand bei ihr sein. Der Mann legte ihm die Hand auf die Schulter: bleiben Sie! Kaspar, der Pilot, und sein Begleiter, die machen das schon, die haben

Verunglückte schon bei schwierigeren Verhältnissen geborgen. – Mit hängenden Armen starrte Renz ins Nebeltreiben hinaus, er spürte plötzlich Müdigkeit aber auch Erleichterung, er hätte sich, wäre er allein gewesen, in den Schnee gesetzt und sich gehen lassen, so aber beantwortete er die knappen Fragen des Mannes mehr als bereitwillig, als hinge alles von ihm ab.

Plötzlich, wie auf Knopfdruck, widerhallte das Klappern von Rotorblättern von den Bergwänden. Da sind sie schon, sagte der Rettungsmann, und zeigte ins Nebelgrau hinaus. Tatsächlich erschien dort der Hubschrauber in einer Berglücke, schemenhaft, kurz aufblitzend, und flog in einem Bogen zum Firn hinunter. Dem Motorenlärm nach zu schliessen, wendete er und kreiste über dem Gletscher, ging dann tiefer, war nur noch gedämpft zu hören, ein Stottern, das am selben Ort zu verharren schien und schliesslich vom Nebel verschluckt wurde. Der Rettungsmann nickte befriedigt: jetzt hat er sie ... Kaspar macht das schon! – Kann er landen? fragte Renz den Mann, der die Lage mit zusammengekniffenen Augen scheinbar zu beurteilen imstande war, doch der schüttelte den Kopf: die machen bloss einen Aufsetzer.

Renz hatte nicht auf die Uhr geschaut, trotzdem glaubte er, dass der Pilot kaum mehr als eine Minute unten gewesen war. Bereits schrillte der Motor wieder auf, der Hubschrauber tauchte aus dem Nebel, deutlich hob er sich vom Firnschnee ab, ehe er an Höhe gewann, sich mit der Nase nach vorn neigte, kurz wippte, und, eine Kurve beschreibend, über ihre Köpfe hinwegflog. Renz schaute ihm nach, hob halb die Hand, hätte den Leuten im verglasten Cockpit gerne zugewinkt, aber der Hubschrauber war schon hinter der Bergkuppe verschwunden und der Motorenlärm wie abgeschaltet. – Kommen Sie, sagte der Rettungsmann, ich mache Ihnen einen Tee.

Er hätte die Schläge der Räder auf die Gleisnahtstellen mitzählen mögen, wie ein Auszählen, und jeden Augenblick erwartete er einen Ruck, ein Getöse von brechendem Eisen, ein Abrasseln im Getriebe, erwartete, dass sie in höllischem Tempo, aus den Geleisen hupfend, über die Schwellen ratterten, hinabrasten, aus dem Tunnel schossen, in eine ausblendende Helle und über den Rand der Schienenstrecke auf das Geröll hinunterkrachten.

Renz hielt sich mit beiden Händen an der Sitzbank fest, stemmte die Beine gegen den abgeschrägten Boden. Die Bahn ruckte etwas, beschleunigte das Tempo, so dass die Gesichter einiger Fahrgäste um eine Spur bleicher wurden, aber das Röhren des Zahnradgetriebes blieb gleichmässig und der Widerstand gegen das Gefälle ungebrochen. Der Wagen schaukelte leicht hin und her, und die eng zusammengerückten Passagiere schunkelten teilnahmslos mit, einigen war das Kinn auf die Brust gesunken, die gräulichen Augenlider waren ihnen zugefallen. Renz gegenüber sassen zwei Jungen, der jüngere der beiden, ein bebrilltes Knäblein mit käsigem Gesicht, hatte seinen Kopf dem älteren Bruder an die Schulter gelegt, der grössere starrte mit herabhängenden Mundwinkeln vor sich hin und wisperte ihm auf französisch Trost zu.

Das Zahnradrattern hatte das alleinige Wort übernommen, ein alles einschläfernder Monolog, wenn einer der Fahrgäste sprach, schien sich der Mund tonlos zu bewegen. Und auch die weibliche Lautsprecherstimme war auf der Talfahrt nicht mehr zu vernehmen.

Ein Mann mit karierter Schirmmütze schraubte seiner Kamera ein immenses Objektiv auf, nervös fingerte er an seinem Apparat herum und wechselte mit der Frau, die mit stumpfsinnigem Gesichtsausdruck neben ihm sass, panikartige Blicke. Renz entdeckte auf der Hose einen dunklen Fleck – war das Blut? –, er fuhr mit dem Fingernagel die Ränder ab, kratzte am Gewebe, aber der Fleck war eingetrocknet und nicht zu entfernen. Gegenüber stöhnte oder seufzte der Junge im Halbschlaf, sein älterer Bruder hielt ihm den Kopf, damit er nicht weiter wegrutschte; Renz hob einen heruntergefallenen Handschuh vom Boden auf, der Junge nahm ihn mit beleidigter Miene entgegen.

Einmal hielt die Bahn kurz an, sie blieben im Tunnel stehen, es gab keine Station und auch keine Aussichtsfenster, die Türen wurden nicht aufgeschlossen, sie mussten lange warten, bis die bergwärts fahrenden Züge an ihnen vorbeigerollt waren.

Es wurde nicht heller, im Gegenteil, die elektrische Beleuchtung schien plötzlich schwächer geworden zu sein, das Licht flackerte einige Male und liess die Gesichter der Waggoninsassen verwackelt erscheinen.

Es gelang Renz nicht, seine Gedanken zu ordnen, er konnte sich Fanni weder in einem Hubschrauber noch in einem Spitalbett vorstellen, sie war einfach auf einmal weg, und er spürte einzig ihr Fehlen. Er presste seinen Rücken gegen die harte Sitzbank, schloss die Augen, versuchte die Wachsgesichter zu vergessen, eine Prozession, dachte er noch, hinab in die Unterwelt, ohne Blick zurück.

Er fühlte sich abwärts getragen oder gezogen, dann verschwamm alles wie in einer wohligen Trunkenheit, in der er sich aufgehoben fühlte, auch Fanni, so glaubte er, war gut aufgehoben. Er wäre zu allem bereit gewesen, auch zur Freude, wenn es ihr geholfen hätte, er wäre aufgestanden und hätte allen Fahrgästen zum freudigen Ereignis der Talfahrt gratuliert.

Hände schüttelnd ging er durch die Bankreihen, er forderte alle auf, sich zu erheben, zusammenzurücken, der Amerikaner mit der Schirmmütze zückte seine Kamera und rief: ein Gruppenbild, bitte!, indem er die Touristenschar mit seinen behaarten Armen zusammenschob und auch seine mürrische Frau zu den andern an den Bildrand schubste. Die Ausfahrt aus dem Tunnel, ans Licht, ging mit Gejohle vonstatten, Renz sah sich plötzlich im Mittelpunkt, es ist wie eine Wiedergeburt! rief er, die Kondukteure kamen mit ihren Vierkantschlüsseln, und alle drängten sich lachend ins Freie. Renz, ganz in Weiss gekleidet, trat in den Kreis der umliegenden Schneeberge und hob den Blick hinauf zu den Fenstern im Fels, von wo ihm alle Touristen mit kleinen Fähnchen zuwinkten. Er winkte zurück und fühlte sich emporgehoben, es war auf einmal blendend hell, eine schmerzende Helligkeit umgab ihn – als er die Augen aufschlug, standen sie an der Station vor dem Gletscher, ein Mann in Uniform beugte sich zu ihm hinab und rüttelte ihn sanft an der Schulter.

Der Auswanderer

Zuletzt wurde Joseph Schudel auf dem Hauptpostamt gesehen, wo er sich als Aushilfe mit Nachtarbeit das Geld für seine Emigration beschaffte. Er war schweigsam, sprach fast mit niemandem, man sah ihm den Bauern von weitem an, auch wenn er, wie die andern, das einheitliche, paketbraune Berufskleid trug. Die spröde Luft, der packpapierene Geruch in der Sackstückhalle behagte ihm offensichtlich nicht, der dienstlich kollegiale Ton unter dem Hilfspersonal und der mürbe Witz, mit dem sich die Festen wie mit Paketen herumschlugen, machten ihn verlegen, die hektische Verbissenheit, mit der gearbeitet wurde, setzte ihm zu. Und daran änderten auch die umgänglicheren Südländer nichts, die pfeifend, palavernd oder fluchend mit den überladenen Karrenzügen herumkutschierten, wobei sie in den Kurven gewandt abbremsten, so dass die Wagen unter Gekreisch über den Asphalt rutschten.

Er war es nicht gewohnt. Überall hingen Bahnhofsuhren, nach denen man sich richten musste. Nur fuhren hier einzig die Postzüge ab, während sein in die Ferne schweifender Blick immer wieder auf das Zifferblatt zurückkehrte. Auch das unablässige

Schwirren der Förderbänder, die sich in der Glashalle verloren, um sich irgendwo wiederzufinden, das Neonlicht und der harte Glanz der Einrichtungen befremdeten ihn, da er sonst nur mit der Weichheit von Tieren, mit Mist, mit dem Duft von Heu vertraut war.

Um dem Lärm und der Last des sich über ihm aufgestockten Postgebäudes zu entkommen, lief er manchmal zwischen den bemoosten und mit Grasbüscheln durchsetzten Geleisen herum, oder er setzte sich auf einen der verrosteten Prellbocks. Seine Geschichte erzählte er niemandem, teils weil sie in ihm noch weiternagte, so wie etwas Ätzendes an den Bahnschwellen frass, teils weil er sich hier, gleich den Speditionsgütern, auf dem Durchgang befand. Er würde emigrieren. Er würde wieder Bauer sein. In einem andern Land.

Dieser Entschluss war nicht ganz sein eigener gewesen, so wenig wie es sein Wille gewesen war, sich auf diese Hilfsarbeit einzulassen. Diese Stadt, die an den umliegenden Hügeln emporkroch und sich talabwärts in den Regenwolken verlor, diese von Unruhen geplagte Stadt hatte ihn nie angezogen. Er war Bergbauer. Er hatte noch vor kurzem ein kleines Anwesen in Pacht gehabt. Und jetzt? – Auswanderer.

Sebi Schudel verbrachte viel Zeit damit, über alles Geschehene nachzudenken. Immer kam ihm etwas Neues in den Sinn, etwas, das er hätte tun oder anders machen können, er malte sich alle Möglichkeiten aus, baute weiter an ihnen, phantasiegeladene Gebilde, die gefährlich wankten und von denen oft einzelne Bestandteile herunterkippten. Manchmal drohte das ganze auseinanderzufallen, er liess davon ab, wollte nichts mehr damit zu tun haben. So ging die Zeit vorbei. Regenzeit. Wochenlang regnete es.

Merkwürdig war, dass seine Geschichte immer gleich anfing, nie änderte sich etwas daran: Der Versuch einer soliden Basis, tragfähig zu etwas Eigenständigem – bis sich ihm alles entzog, sich auftürmte, zu hohen schlanken Säulen, ihm über den Kopf wuchs, auch ohne eigenes Zutun; es gab noch andere, fremde Hände, die mithalfen zu schichten.

Manchmal fand er nicht mehr aus dem Wirrwarr seiner Geschichten heraus, er wusste nicht mehr, inwiefern er fabulierte und was sich tatsächlich zugetragen hatte. Und die ganze Zeit über schichtete er Pakete, nächtelang. Erst wenn der ganze Paketberg abgetragen, die Enden seiner Geschichten verknotet, wenn alles aufeinandergehäuft und wegspediert war, würde er auswandern. Das Visum hatte er. Er wollte wieder bauern. Das hier kam ihm ein wenig wie Sisyphusarbeit vor.

Oberhalb des Kantonshauptortes, der einige Minuten vom Bahnhof entfernt und früher mit einer wackligen Trambahn zu erreichen gewesen war, ragten zwei mächtige Felsbrocken empor, ein kleiner, spitzer und ein grosser strotzender Berg, Vorboten des Alpenmassivs. Am Fuss des grösseren löste sich aus grobem Geröll und spärlichem Wald eine von einem Wildbach längs durchzogene Bergweide. Mitten in diesem rhombusähnlichen Ausläufer, auf einer kleinen Terrasse, stand ein Vereinsberghaus von geschwärztem Holz und, etwas abgesetzt dahinter, ein kleines Anwesen, ein schwarzer Schindelbau mit angrenzendem Stall. Dieser Fleck, Gschütt geheissen, lag am Südhang, er war geräumig und stand weit im Wind, meist im Föhn, draussen, von hier sah man auf die Talsohle, die Waldschluchten beidseits des Tales und die Seen, welche sich wie in einem endlosen Spiegel gegen Westen erstreckten.

Vier Bauern teilten sich hier ursprünglich das Weidrecht, zwei von ihnen waren eigentliche Bergbauern, Schümpli und Ruoss, während der dritte, Schüpp, im mittleren Teil einen Hof hatte und ausserdem bis dorthin, dem Huusboden, im Nebenamt die Luftseilbahn bediente. Der vierte, Schueler, verpachtete seinen Hof der kinderreichen Familie Schudel, obwohl er selber zwei Söhne besass, denen aber der Gewerb des Vaters zu eng geworden war und die nun jenes Anwesen auf Gschütt bewirtschafteten; das heisst eher missbewirtschafteten. Denn sie hatten sich, wie sie sagten, auf eine neuartige Kälberzucht eingelassen, was gleichviel bedeutete wie zwei bis drei Kälber aufziehen und möglichst schnell verkaufen, um es sich vom Erlös eine Weile gutgehen zu lassen. Dem Vater, einem alten, kränklichen Mann, kam es auf das Fortbestehen des eigenen Hofes nicht so sehr an wie auf das Bargeld für seine mannigfachen Kuren.

Hier war Sebi Schudel aufgewachsen, er hatte im Hauptort sieben Jahre die Schule besucht und nach deren Abschluss auf einem Nachbarshof als Knecht gedient. Darin unterschied sich sein Leben nicht von jenem vieler anderer Bauernsöhne, die nicht das von ihrer Geburt abhängige Glück hatten, den Hof der Eltern übernehmen zu können.

Damit sich aber seine Geschichte überhaupt erzählen lässt, bedarf es, nebst den wortkargen Bergbauern, einer weiteren Person, nämlich der weit mitteilsameren Hüttenwartin des Vereinsberghauses, die sich in den vielen Jahren, während derer sie für Küche und Unterkunft von zahllosen Gesellschaften besorgt war, die Gunst der Einheimischen erworben und so Einblick in das verzwickte Flurwesen der Bergbauern erhalten hatte; sie war, obwohl in der Stadt wohnhaft, wie eine der ihren geworden.

Zum ersten Mal kam Frau Margret, so hiess die Hüttenwartin, mit einer ausgelassenen Schar Kinder, vorwiegend Mädchen, auf Gschütt. Der Hauptort wirkte damals noch ländlich verschlafen, aber auch uralt und heimatlich. Neben den weit auseinanderliegenden Gehöften säumten einige Bauten des mittleren Landadels in aufgelockerter Folge die Strasse vom Bahnhof zum Hauptort.

Vom Städtchen ging es zu Fuss weiter, durch enge, dunkle Gassen; abschüssige Dächer lehnten sich oben aneinander, schlanke, aufgeschwungene Giebel hoben sich zierlich ab gegenüber den festungsähnlichen Gebäuden. Dann hinaus auf die offenen Ortsmatten, vorbei an zwerghaften Schuppenhäuschen mit grinsenden Wurzelgesichtern unter dem Dachfirst.

Ein schmaler Weg, gesäumt von niedrigen Mäuerchen, dämpfte die Ausgelassenheit der Kinder, zog ihre Kolonne in die Länge, die Saumseligen, welche sich stets noch einen Schuh binden oder einen Riemen kürzer schnallen mussten, hinten, und vorn die Unaufhaltsamen, die bald eine kleine verwitterte Kapelle erreichten. Der steinige Waldweg führte durch Lichtgesprenkel und Duft von Tannenrauch weiter bergan, und öffnete sich auf eine Lichtung, eine Einsiedlerklause in der Schleife einer geteerten Strasse. In einer Nische ein Kruzifix. Die Luft still und warm. Die Kinder gingen auf der komfortableren Strasse weiter, mussten in einer Kurve über einen gefällten Baumriesen klettern. Dann das Rauschen des Wildbaches, der im Sommer wenig Wasser führte. Libellen.

Sie erreichten den Huusboden. Von hier war der Blick hinauf freigegeben. Der grosse Berg hob seinen zerschrammten, zinkgrauen Harnisch etwas schräg nach hinten, während vorn, alleinstehend, eine zerklüftete Felsnase hochragte; darüber der Gipfel, ein Januskopf aus rötlichem Granit. Er steckte in seiner vollen Grösse in den Alpweiden, altes Nadelgehölz umgab seinen Ansatz wie ein Gürtel, wogegen sich der Laubwald an seiner linken Flanke wie junger Flaum ausnahm.

Auch das Berghaus war von hier zu erkennen.

Die Kinder rückten ihre Rucksäcke zurecht, griffen mit den Daumen unter die Riemen, und einige wählten die Fallinie über die frisch gemähten Wiesen. Es war das steilste Stück. Keuchend stolperten sie um so schneller bergauf; noch durch ein kleines Gehölz, sie stiessen sich die Knie wund; noch ein Holzgatter, sie krochen auf allen vieren über das stoppelige Gras; noch ein letzter Buckel, sie erreichten die grosse Linde unterhalb des Hauses. Sie kämpften sich durch die Haselsträucher, stürzten sich keuchend und kichernd auf den Brunnentrog, ein alter Baumstrunk, tauchten Arme und Gesicht ins kalte Wasser, blieben ausser Atem im Gras liegen.

In den darauffolgenden Jahren schaukelte Frau Margret einige Ferienlager am Gschütt. Diese wurden von wohltätigen Vereinen für Kinder ärmerer Stadtfamilien durchgeführt. Sie dauerten jeweils zwei Wochen und sahen kein aufwendiges, aber nicht etwa langweiliges Programm vor. Spiele, Wandern, Singen.

Im Haus vermischte sich bald der Geruch der kinderwarmen Schlafsäle, des Fluh-, Linden- und Spatzenzimmers, mit jenem der Waschräume, ein Geruch, der die vierzehn Tage prägte. Nach der mittäglichen Liegestunde, die bei unterdrücktem Lachen meist in Kissenschlachten ausartete, wurden draussen am Brunnen kalter Tee und ein Stück Brot verteilt.

Die Wanderungen waren ausschweifend lang und

führten über verschiedene Kuhpfade immer an denselben Ort, auf den Sattel unterhalb des grossen Berges, oder sie endeten kurz in einem von Felsen durchsetzten Wäldchen, wo man Verstecken oder Umzwölf-Uhr-kommt-der-Wolf spielte. Zwei junge Lehrer, die das Ferienlager leiteten, wussten Geschichtliches über die Urkantone und Botanisches über die Alpenflora, während die Kinder ihre jungen Liebeshändel austrugen.

Es gab kleine Vergehen: Löcher wurden in die Zwischenwände der Schlafsäle gebohrt, hie und da kam etwas aus der Vorratskammer weg, ein Riegel Schokolade, oder eine Flasche Mineralwasser. Und einmal wurde ein 14jähriger dabei erwischt, wie er ein 10jähriges Mädchen unter dem Ping-Pong-Tisch küsste. Beim Sittenamt lief eine Klage von vier Nonnen ein, die beanstandeten, dass die Kinder im Badekleid vor dem Haus spielten.

Mit der Zeit hatte Frau Margret dann das Halbamt der Hüttenwartin übernommen. Denn nicht nur der Sommer brachte Kinder gruppenweise in die Ferien am Gschütt, sondern auch der Winter ganze Schulklassen; dazu kamen Vereine und Gesellschaften an Wochenenden. An den abgelegenen, gegen die Berghalde hin verschwiegenen Ort kam Leben.

Anfangs war das kleine Anwesen hinter dem Berghaus leerstehend gewesen. In der schattigen Mulde und auf dem Hügelrücken wuchs hüfthohes Gras, und büschelweise wucherten Wiesenblumen und Kräuter. Gschütt war noch ein unscheinbarer Ort, nicht hoch genug für eine Alp und doch abgeschieden von den nächsten Gehöften. Dann wurde auf den Kopf des Bergausläufers eine Fortsetzung der Luftseilbahn geplant und, zunächst für den Milchtransport, aber auch im Hinblick auf die Erschliessung der Region für den Wintersport, bald darauf gebaut. Die Mittelstation kam auf Gschütt zu stehen.

Etwa zur selben Zeit bezogen die Brüder Schueler das Anwesen und stellten es einigermassen in Stand. Nachdem sie eine Weile ihre Misswirtschaft und allerhand Allotria getrieben hatten, bekam ein geschäftstüchtiger Wirt im Hauptort Wind von den Kalbereien der beiden und kaufte ihnen das unrentable Heimwesen samt dem dazugehörigen Land ab.

Frau Margret erfuhr von dem Handel im Frühling. Gerade bearbeitete sie nach einem langen Wochenende die Holzböden mit Putzlappen und Bohnerwachs, als der Bauer Schümpli wie gewöhnlich vorbeikam, um die Speisereste für die Säue abzuholen. – Ihr bekommt bald einen neuen Nachbarn, sagte Schümpli in seinem eigenartigen Singsang. Frau Margret schaute von der Arbeit auf und zog fragend die Augenbrauen hoch. Es war eher ungewöhnlich, dass der ältere, aber noch kräftige Mann von sich aus mit einer Neuigkeit herausrückte. Wie viele Bergbauern hielt er meist Distanz zu den Leuten, aber nicht aus Misstrauen, sondern aus Menschenscheu. Verlegen griff er sich an den faltigen Nacken, rieb sich die

grauen Bartstoppeln und den leicht sabbernden
Mund, bevor er mit auf- und abschwingender Stimme weitersprach. Ob sie nichts davon gehört habe . . .
die Brüder Schueler hätten das Heimetli verkauft, ja
wohl, an den Wirt, den Barmettler . . . die hätten es
anscheinend nötig gehabt. Frau Margret lehnte sich
zurück, sah ihm mit vagem Erstaunen von unten ins
Gesicht: Es wird nicht wahr sein! – Wohl, wohl! rief
Schümpli, die beiden haben ein gar lustiges Leben geführt. – Sie lachte und wartete, bis Schümpli das für
ihn Wichtigste und offenbar Unbegreiflichste her-
vorbrachte: Denkt, nur einsfünzig haben sie für den
Quadratmeter geheuscht! – Obwohl es sie selber
nicht berührte, gab sich Frau Margret überrascht: Ja,
die werden es bitter nötig gehabt haben. Und schon
etwas neugieriger fragte sie: Wer zieht jetzt drauf? –
Heh, der Schudel Sebi! Schümplis Stimme klang wie
ein kleines Jauchzen; er drehte sich um und ergriff
den Kübel mit den Speiseresten, zog die blaue Kutte
über das kurzgeschorene Haar und wandte sich mit
einem «Behüt Euch Gott» zum Gehen.

Von den Brüdern Schueler hörte man nur noch,
dass sie den Erlös aus Gschütt verjubelt hätten und
dass sie im nächsten Winter an den Skiliften eines benachbarten Ortes arbeiteten.

Bereits im selben Sommer übernahm Sebi die
Pacht hinter dem Vereinsberghaus, um für eine Mol-
kereigenossenschaft Milchkühe aufzuziehen.

Frau Margret war von allem Anfang an einge-
nommen für den neuen Pächter; ein fideler Bursche,

mit schwarzem Haar, braunen tiefsitzenden Augen, dunkler Haut und roten Wangen, der oft zum Lachen aufgelegt, ja, überhaupt selten schlechter Laune war. Schon bald unterhielt er sich mit ihr durchs Küchenfenster und gab zu erkennen, dass es hier von nun an anders zu und her gehen werde. – Ja, der Herr Barmettler . . . ein feiner Mann. Jetzt sei er, Sebi, sein eigener Herr und Meister und könne endlich eigenes Vieh aufziehen. Nein, eine Lotterwirtschaft wie Schuelers gedenke er nicht zu haben; ein wirklich feiner Mann, der Herr Barmettler und reich dazu, auch Hauptaktionär der Seilbahn und so weiter.

Von Meiri Schüpp, dem Bauern und Seilbahnwart, bekam Frau Margret das Lob auf Barmettler in etwas anders gewürzten Tönen zu hören. Und zwar schwang im trockenen Humor des Berglers mit dem schroffen Gesicht und dem starren Blick etwas wie eine Warnung mit. Sie musste gut hinhören, weil er seine Worte zusammen mit einer krummen Zigarre langsam zerkaute. Er stand auf der Plattform der Seilbahnstation, an einem lauen Sommerabend, und schaute der entschwindenden Kabine nach, während ihm der untersetzte, hellbraune Hofhund, die Maite, um die Beine schwanzte. Gewiss, bei den Schuelers sei es zu und her gegangen wie im hölzernen Himmel, vielleicht sei es doch gut, dass jemand den Boden auf Gschütt wieder richtig nutze. Frau Margret pflichtete ihm bei, sicher, der Sebi könne sich dort eine eigene Existenz aufbauen. Schüpps ausdruckslose Augen wanderten den Masten nach, verharrten schliesslich auf der kleinen lebhaften Frau. Freilich, was dem einen eine Kalberei, ist dem andern ein Braten! – Das Traurige an der Sache sei nur, meinte er, dass die Schuelers glaubten, weiss Gott was für ein Geschäft gemacht zu haben. Dabei habe sie der Barmettler eingeseift, dass es eine Art habe. Trotzdem: Hauptsache, es komme wieder einem Einheimischen zugute. Er kratzte sich im dichten Haar und blies bläuliche Rauchwölkchen in den Abend hinaus.

Eine weitere Veränderung am Gschütt stellte sich etwa zur selben Zeit ein. Als Frau Margret wieder einmal auf der Seilbahnstation wartete, rief Meiri Schüpp sie zu sich in den Führerstand. Sie solle, ehe sie sich hinaufseilen lasse, noch bei ihnen den Kaffee nehmen. Während sie nun in der niedrigen Stube eine grosse Tasse Kaffee mit einem Schuss selbstgebrannten Kräuterschnapses trank, deutete Meiri Schüpp zum Fenster hinaus und fragte, ob sie am Gschütt, unterhalb der Linde, etwas Ungewöhnliches bemerken könne. – Nichts weiter, nein. – Ob sie die Holzpfähle an der Halde nicht sehe? Es handle sich um ein Ferienhaus, das da oben von einem Advokaten aus dem Unterland, einem gewissen Katz, gebaut werden solle. Und der Boden, der dort ausgesteckt sei, habe ihm der Barmettler verkauft. Jetzt könne man sich an den Fingern ausrechnen, worauf der Wirt hinauswolle.

Frau Margret war zwar etwas verärgert darüber, dass man ihr gerade unter der Nase ein Ferienhaus hinstellen wollte. Aber sie fand sich damit ab, zumal das neue Haus an der unteren Seite des Hanges gebaut wurde. Auch den Sebi störte das nicht: Deswegen würden bei ihm die Kälber trotzdem gross, und das Gras wachse nach wie vor. Er hatte nun begonnen, nebenher etwas Milchmast zu betreiben und verkaufte ab und zu ein Stierkalb. Am Gschütt hörte man wieder Kuhglocken aus der schattigen Mulde, in der stark duftenden Linde glühte der Sommer.

Dann griff der Skiboom auf die Innerschweiz über. In der Talsohle begann der Bau der Nationalstrasse, welche Nord und Süd miteinander verbindend, einen breiten Riss in die Landschaft zog. Weiter ostwärts wurde ein neues Skigebiet erschlossen und auf der gegenüberliegenden Talseite renovierte man die steilste Bergbahn Europas. Auch diesseits wollte man den Anschluss an den Ski-Express nicht verpassen. Bereits begann man von einem Ski-Karussell zu sprechen. – Man? – Nicht so sehr die Bergbauern, als vielmehr Männer wie Barmettler.

Dass die Bauern diesen Projekten alles andere als freudige Zustimmung entgegenbrachten, zeigte sich an einem Gespräch zwischen Barmettler und Schüpp, die einander im Berghaus am Gschütt während der Schneeschmelze begegneten.

Meiri Schüpp war schon längst ein gern gesehener Gast, Frau Margret hätte die Winterabende, an denen er auf der Ofenbank sass und mit todernster Miene Witze erzählte, nur ungern gemisst. Wenn ihm die Seinigen spätnachts keine Kabine mehr heraufschicken wollten, verlangte er von ihr ein Teebrett, auf dem er kurzerhand zum Huusboden hinunterschlittelte.

Barmettler hingegen wurde kaum je am Gschütt gesehen. Zur Zeit der besagten Begegnung mit Schüpp war er nur zufällig da oben, um sich ein wenig umzuschauen.

Die zwei Männer sassen sich in der kleinen Stube gegenüber, beide hatten eine Tasse kräftigen Kaffees vor sich mit Schnapsgläschen daneben, beide rauchten, Meiri seine Krummen, Barmettler einen Stumpen. Nebenan wurde Karten gespielt, das Radio lief halblaut. Zwischendurch setzte sich Frau Margret an den Tisch und stellte eine Frage, da sie dem Gespräch während des Anrichtens in der Küche mit einem Ohr folgte.

Barmettler meinte zuversichtlich, dass er als Teilhaber an der Bahn, beim Vorhaben, oben auf der Fluh Skilifte einzurichten, auch mitreden und vor allem mittun wolle. Meiri Schüpp fragte beiläufig, über wessen Weiden denn die Pisten verlaufen sollten. – Nun, das sei nicht seine Sache, sagte der rotgesichtige Unternehmer-Wirt, da müssten der Skiverband oder der Verkehrsverein etwas mit den Bauern aushandeln. Schüpp erwiderte darauf, dass es wohl Barmettlers Sache sei, weil er auch Weidland hier oben besitze, das er verpachte, und bestimmt müsse er daran interessiert sein, dass man den Bauern die

Weiden nicht zu Geröllhalden mache. – Barmettler wischte diesen Einwand vom Tisch, soweit sei man noch lange nicht, dass die Leute gleich zu Tausenden kämen und die Weiden zuschanden fahren würden. Schüpp schob sich die Zigarre in die andere Mundecke, fixierte sein Gegenüber mit ausdruckslosem Blick. Ob er, Barmettler, auch schon daran gedacht habe, dass man mit dem Zusammenschluss der Skiregion, dem Karussell also, ebenfalls neue Parkplätze, Gasthäuser und dergleichen werde erstellen müssen, und dass dann die Leute nicht ausbleiben würden? – Recht so! rief Barmettler erfreut und verärgert zugleich. Wer A sage, müsse auch B und C sagen, und da die Seilbahn nun schon bestehe, sei es nur logisch, dass man das Gebiet auf der Basis der vorhandenen Einrichtungen weiterentwickle. Auch er, Schüpp, würde als Bahnwart von einem grösseren Zulauf profitieren; die andern Bauern ebenso, da sie ihre Söhne im Winter an die Lifte und auf die Pisten schicken könnten und diese so auch etwas unter die Leute kämen. Meiri wandte dagegen ein, er sei in erster Linie Bauer, aber Barmettler unterbrach ihn, was sein eigenes Weidland am Gschütt betreffe, da habe er andere Pläne.

Letzteres sagte er vertrauensvoll zu Frau Margret und machte dabei eine unmissverständliche Handbewegung.

Und, fragte sie so unbeteiligt, wie ihr das möglich war, was geschieht danach mit dem Schudel Sebi? – Den Sebi, den bringen wir schon irgendwo am

Gschütt unter! rief Barmettler bedeutungsvoll, während er sich erhob, um sich auf den Weg zu machen.

Meiri Schüpp blieb noch eine Weile sitzen, hörte abwesend auf die Bedenken und Vermutungen von Frau Margret und sagte, teils um sie zu unterstützen, teils um sie zu beruhigen, es bleibe noch abzuwarten, vor wessen Mausloch die Katze nun eigentlich sitze.

Bis zum nächsten Winter wurden zwei neue Skilifte auf der Fluh und ein Verbindungslift an der benachbarten Egg fertiggestellt. Ein neues Restaurant nahm den Betrieb auf, Parkplätze wurden an der Talstation der Seilbahn eingerichtet. Dergestalt mechanisiert, erlebten die Hügel einen kaum vorausgeahnten Aufschwung. An den sanft abfallenden Halden, zwischen den verschneiten, uralten Tannen krochen spielzeugartige Raupenfahrzeuge herum, die autobahnähnliche Pisten anlegten; an den Bügeln der Lifte wurden im Krebsgang bunte püppchenhafte Skifahrer bergan befördert; unter den Klängen von ländlicher Musik zeichneten die Sporttreibenden langgezogene oder kurzgesteppte Ziselierungen ins glitzernde Weiss.

Der Andrang war bald so gross, dass die erholungsbedürftigen Skifahrer auf dem Huusboden mittels Einlasskarten abgefertigt werden mussten, denn die kleine Luftseilbahn war hoffnungslos überfordert. Aber nicht nur die Bahn war überfordert, sondern auch die Familie Schüpp. Während sie unter der Woche in Haus und Stall ihrer angestammten Tätigkeit nachgingen, waren sie genötigt, an Wochen-

70

enden Verwandte und Bekannte aufzubieten, um den Andrang zu meistern. Und da sie harte, aufopfernde Arbeit gewohnt waren, gelang es ihnen auch, eine grosse Zahl der nach frischer Bergluft Dürstenden ins Skigebiet zu schleusen.

Wenn sich bis anhin die Gespräche der Einheimischen auf der Plattform der Seilbahn um das Wetter, allenfalls um die Milchpreise oder Heuernten gedreht hatten, so konnte man jetzt Skiasse, die sich rasselnd, wetzend und scharrend die Treppe hinaufdrängelten, über Ausrüstung, Markenbezeichnungen und Trends parlieren hören.

Das Karussell war angelaufen und kam in der folgenden Saison rasch auf Touren. Die Rechnung war für Barmettler vorerst aufgegangen. Aber damit noch nicht genug.

Bislang hatte Gschütt immer noch abseits gelegen. Die Pisten verliefen jenseits des Hügelrückens, über die Weiden von Ruoss und Schüpp, so dass der Ort im Winter verschlafen und, abgesehen von den Gästen des Berghauses oder einem verirrten Skifahrer, spärlich bevölkert blieb. Man war unter sich. Während den langen Wintermonaten kam Sebi des öfteren ins Berghaus, zum Plaudern und auch zum Aushelfen. Er war es, der die Wege freischaufelte, die Strasse zum Gehöft Schümplis pflügte, der das Berghaus ausreichend mit Brennholz versorgte und während der Woche, wenn Frau Margret nicht im Haus war, ihr die Öfen einheizte.

Sicher fehlte ihm besonders im Winter der Umgang mit Menschen, da er sein Gewerb selten verliess; sicher suchte er und fand auch im Berghaus eine ihm neue Art von Geselligkeit, obwohl er stets zurückhaltend blieb und das Haus, wenn viele Leute da waren, mit einer gewissen Scheu betrat, die er höchstens Frau Margret gegenüber ablegte.

Nur bei ihr getraute er sich, über das kuriose Treiben am Berg herzuziehen, ja zu schimpfen, laut und polternd, und sich mit bäurischem Witz über die Rudel von Skiläufern lustig zu machen. Bei ihm, so wetterte er, müsste man keine Skipisten anlegen wollen, da drüben hinterlasse die Raserstrecke im Sommer je länger je mehr braune Narbstellen, auf denen kein rechtes Gras mehr wachse.

Aber auch von seinen Tieren, die er stets vertraulich beim Namen nannte, berichtete er; von einer Kuh, die Klara hiess und die er als frigide bezeichnete, weil kein Stier an sie herankomme. Sie sei deshalb von einem Veterinär künstlich befruchtet worden, und tatsächlich habe sie nun gekalbert. Er nannte das Neugeborene sein «Koffer-Kälblein» und fügte hinzu, man sehe ihm auf alle Fälle nichts Ungerades an.

Da er nun endlich sein eigener Herr und Meister sei, meinte Frau Margret einmal, denke er sicher daran sesshaft zu werden und sich nach einem Mädchen umzuschauen. Sie brachte ihn damit in heitere Verlegenheit, die er mit halb gejauchzten Einwänden und jungenhaftem Gelächter zu verbergen suchte.

So vergingen wieder etliche Jahre, bevor Gschütt

jäh aus den Winterträumen gerissen wurde, ohne dass jemand vorgängig etwas davon erfahren hatte. Gegen Winterende, etwa zur Osterzeit, stand Sebi unverhofft in der Küche, war sonderbar verstockt und kurz angebunden und druckste auch herum, als ihn Frau Margret nach seinem Befinden fragte. Erst als sie sich zu ihm an den Tisch setzte und ihn halb erstaunt, halb drängend ausforschte, warum er denn ein Gesicht mache wie zehn Tage Regenwetter, klopfte Sebi mit der Hand kräftig auf den Tisch und rief, jetzt habe ihm der Barmettler beileib die Pacht gekündigt. Auf ihre weiteren Fragen wich er aber einsilbig aus, er müsse gleich wieder gehen, müsse in den Stall . . .

Sebi hätte, selbst wenn er wollte, keine Auskunft geben können. Barmettler hatte dem Pächter kurz und bündig erklärt, das Anwesen samt dem Land sei verkauft, und Sebi müsse nun wohl sein Gewerb aufgeben. Der junge Bergbauer sah sich vor diese nackte Tatsache gestellt, deshalb fiel es ihm nicht ein, weiter nachzufragen; man hätte es von ihm auch nicht erwartet.

Nicht so Frau Margret. Sie frug. Und zwar nicht aus Neugier, sondern in der Hoffnung, es lasse sich vielleicht eine Möglichkeit finden, dem Sebi die Pacht zu erhalten. Doch dann erfuhr sie, dass Barmettler sein Land an einen Bauherrn verkauft hatte, der am Gschütt ein Dorf mit zweiundzwanzig Ferienhäusern aufstellen wollte.

Die näheren Umstände und grösseren Zusammenhänge, die Barmettler zu diesem blitzschnellen Verkauf bewogen hatten, blieben zunächst unklar. Erst mit der Zeit kam Frau Margret dahinter.

Damals nämlich wurde im Hauptort ernsthaft die Bewerbung für die 700-Jahr-Feier der Eidgenossenschaft erwogen. Nur, so hörte man immer wieder, fehlten der Talschaft die nötigen Einrichtungen, um als ernsthafte Bewerberin zu gelten. Dies oder ähnliches mochte der Grund dafür gewesen sein, dass ausserhalb des Hauptortes ein Shopping-Center geplant wurde, das die Vorzüge eines andern, städtischen Bewerbers weit in den Schatten stellen sollte. Und Barmettler hatte im Sinn, sich an diesem Vorhaben zu beteiligen. Dazu brauchte er Bargeld. Also machte er Gschütt flüssig. Die Gelegenheit war goldrichtig, der Aufschwung im Skigebiet erreichte einen ersten Höhepunkt, und bei solchen Geschäften konnte man auf einen kleinen Pächter wie Sebi Schudel keine Rücksicht nehmen. Das wäre ja gelacht.

Barmettler verhehlte nichts. Eine halbe Million habe er aus diesem Loch herausgeholt, sagte er, als er an einem heiteren Sonntag am Gschütt mit Frau Margret diskutierte. Sie nahm kein Blatt vor den Mund: Immerhin ein einträgliches Loch, das er seinerzeit von den Brüdern Schueler für einsfünfzig den Quadratmeter bekommen habe, und obendrein ein schönes Stück Land. – Er brauche jetzt kein Land, sondern Bargeld, sagte Barmettler bestimmt. Aber Frau Margret bohrte weiter, ob man nicht wenigstens hätte dafür sorgen können, dass der Sebi seine Pacht behalten könne. – Unter keinen Umständen, sie solle sich so etwas vorstellen: Einen Gaden und einen Miststock neben den Ferienhäusern! Das könne man den Feriengästen doch nicht zumuten.

Vielleicht wäre alles noch anders gekommen. Vielleicht hätte Sebi Schudel eine andere Pacht gefunden, wenn nicht noch ein anderer Umstand, eine merkwürdige, launische Begebenheit genau zu diesem Zeitpunkt mitgespielt hätte. Eine Geschichte für sich.

Zur Fastnachtzeit, als Sebi schon wusste, dass er im Herbst seine Pacht würde aufgeben müssen, liess er das Vieh, an die acht Stück, von einem Sohn Schümplis versorgen, denn er wollte an der Fastnacht mittun; zeitlebens hatte er als Nüsseler daran teilgenommen, und er würde sie auch dieses Jahr nicht verpassen. So ging er abends in den Negus-Hof und kam erst in der Früh angeheitert den Berg hinauf. Und obwohl es noch halb dunkel war, kehrte er bei Frau Margret zum Morgenkaffee ein. Zwar machte ihr das nichts aus, auch wusste sie, dass für die Tiere gesorgt war, verdächtig aber war ihr seine Ausgelassenheit, sein Übermut, wo er allen Grund gehabt hätte, über den Verlust seiner Pacht zu klagen.

Als er nach einer weiteren durchzechten Nacht bei Frau Margret beim Kaffee sass, platzte er auf einmal heraus: Du, ich hab einen Schatz! – Eine tolle Frau, eine Blonde, aus dem Unterland, was meinst du? – Er sei nicht recht bei Trost, erheiterte sich Frau Margret, eine Frau aus der Stadt, das wär gerade das richtige für einen Innerschweizer Bergler. Doch Sebi lachte unbekümmert: Die ist etwa gar nicht wie ein Frauenzimmer aus der Stadt. Jedenfalls weiss sie, wie man richtig fastnachtet!

Sebi erschien noch einige Male ausgelassen zum Morgenkaffee. Aber am schmutzigen Donnerstag blieb er aus und stand erst am nächsten Morgen wieder in der Küche. Als hätte er von Frau Margret Schelte erwartet, rief er verwegen: Ja, ich habe halt gestern im Negus-Hof genächtigt. – Sie stellte ihm die Kaffeekanne hin und meinte beiläufig, wenn das so sei, dann habe er sicher ernste Absichten. Darauf schwieg Sebi etwas betreten. Aber gleich darauf kehrte er wieder die heitere Fastnächtler-Seite hervor und johlte: Das wird sich weisen!

Was sollte sie von der Sache halten? Sie konnte sich zwar eines unguten Gefühls nicht erwehren, aber vielleicht war es nur ein fastnächtliches Geplänkel, ein Histörchen von der Art, wie man zu dieser Zeit einige vernahm, und alles würde sich, spätestens mit der Fastnacht am Aschermittwoch, in nichts auflösen.

Nach der Schneeschmelze schritt man am Gschütt vom Plan zur Ausführung. Der kleine Fleck sollte nie mehr derselbe sein: Zweiundzwanzig Grundstücke wurden eng beieinander ausgesteckt, auf einer neu angelegten Serpentinstrasse wurden Baumaschinen vom Tal heraufgeschafft, in der schattigen Mulde wurde die Weide umgebaggert. Im

Sommer begann man bereits mit dem Aushub auf einzelnen Parzellen.

Jedesmal wenn Frau Margret ins Berghaus kam, gab es weniger Weidland, häuften sich Erdhügel und Geröll vor Sebis Anwesen. Auf einem kleinen Wiesenstück standen seine Kühe und Rinder, wie angewachsen, ratlos und steif; holzgeschnitzte Souvenirs. Bis zum Herbst hatte man ihm Zeit gegeben, um sich von seinem Vieh zu trennen und das niedrige Schindelhaus zu verlassen. Vielleicht wäre er schon früher gegangen, aber wohin?

Ins Unterland. Das eröffnete er Frau Margret mit demselben Übermut, mit dem er neulich von seiner fastnächtlichen Marivaudage berichtet hatte. – Wer ihm, um Himmels willen, diesen Floh ins Ohr gesetzt habe, wollte sie wissen, doch nicht diese Dulzinea. – Eben doch! lachte Sebi strahlend. – Aber was er denn in der Stadt tun wolle, fragte Frau Margret ihn nun doch bestürzt. – Ja, dazu werde SIE schon sehen, sie beide hätten noch allerhand vor. – Was denn? – Darüber wusste er nun aber ebensowenig Bescheid wie über die Hinwendung einer kleinen Geldsumme, die er für zwei verkaufte Kühe bekommen und die er ihr abgetreten hatte. Viel sei es nicht gewesen, und überdies komme sie am Wochenende herauf, und er würde dann genaueres wissen.

Unterdessen schritten die Arbeiten am Gschütt schnell voran. Für eine Zeitlang musste das Vereinshaus geschlossen werden, da die Nutzbarmachung, die Erschliessung des kleinen Flecks, wie die Bauherren sagten, den Zugang versperrten. Frau Margret kam erst im Herbst wieder hinauf, an einem feuchten, nebligen Tag. Allein. Und sie kannte sich kaum mehr aus.

Von der Seilbahn aus gesehen glich Gschütt einer einzigen Parzelle von Maulwurfhügeln, zwischen denen sich weisse Nebelfetzen den Hügelrücken hinabschlichen. Ein löchriges Bild bot sich ihr, alles in fliessender Bewegung, in Auflösung begriffen. Verändert und zerrissen.

Sie schaute nach der Stelle, an der Sebis Anwesen hätte stehen müssen. War es weg? – Nein, das Dach lugte noch hervor, neben einem Haufen Erdreichs und einem schmutzig-gelben Raupenbagger. Und die Linde? War sie noch? – Ja, die Äste der ovalen, entblätterten Krone griffen steif und starr in den Nebel. Und plötzlich glitt schwarz und schemenhaft das Berghaus hinter den grauen Schwaden hervor, seine Umrisse waren unscharf, formlos, und es schien zu schwimmen.

Erst in ihrer Küche fand sich Frau Margret wieder zurecht. Im Ofen prasselte ein Feuer; Sebi musste dagewesen sein, das letzte Mal, um das Haus aufzuheizen. Sie ging wieder hinaus, suchte mit kleinen sich beinah verhaspelnden Schritten einen Weg über Geröll und Lehm zum Schindelhaus. Sebi war nirgends zu sehen, weder in der ebenerdigen Stube, noch in der russgeschwärzten Küche. Im leeren, frisch ausgemisteten Stall stand ein einziges Rind, das sie bei ihrem Erscheinen verödet anblickte. Überall herrschte Un-

78

ordnung, aber nicht vom Gewerb, sondern vom Bau her: Schaufeln lehnten neben einer Sense, die von der Holzeinfassung des Vordachs hing, eine Milchtause, die als Schuttbehälter diente, stand neben einer Stossbenne. Frau Margret machte kehrt und ging wieder ins Haus zurück.

Sie sah Sebi erst gegen Abend, als er ans Küchenfenster klopfte und ihr wie immer entgegenlachte: Ja, er sei halt nachmittags in Schümplis oberem Gaden gewesen, um etwas Heu zu holen, am Gschütt wachse, wie sie selber sehe, kein Grashalm mehr.

Kein Wort der Verbitterung. Er schimpfte nicht einmal, sondern meinte, es gehe ihm ordentlich gut, er könne nicht klagen. Von seinem Vieh habe er nur gerade noch das Rindlein behalten können, mit dem wolle er nächstens an die Viehschau zur Prämierung. Ein solches Rindlein würde er so bald nicht wieder haben . . . – Und dann? Ob er immer noch vorhabe, in die Stadt zu ziehen, fragte Frau Margret. Sie hatte bemerkt, dass er nicht mehr seine Sennenjoppe, dafür aber ein bunt gemustertes Konfektionshemd trug. – Freilich, rief Sebi, doch merkte man seinem Tonfall an, dass er sich immer noch nichts darunter vorzustellen vermochte. Frau Margret hatte das bestimmte Gefühl, dass hier eine geschickte Hand die Weichen stellte, besonders hinsichtlich seiner Barschaft, dass hier jemand alles in die richtigen Geleise brachte, ohne dass Sebi ahnen konnte, wo diese endeten.

Sein Schatz habe ihm eine feste Stelle bei der Post besorgt. Vorher aber würden sie noch tüchtig in der

Weltgeschichte herumreisen, Konstanz, Bregenz, und wenn er für sein Rindlein einen Preis gewänne, würde er sich von dem Geld ein Motorrad kaufen, eine «Kuwazzi».

Frau Margret gab ihm ihre Adresse, er solle ruhig bei ihr hereinschauen, wenn er partout in die Stadt müsse.

Ende September brachte Sebi sein Rind zur Viehschau. Diese war nebst der Fastnacht der bedeutendste lokale Anlass im Hauptort. Sie fand schon seit Jahrzehnten, vielleicht Jahrhunderten auf derselben Wiese statt, ausserhalb des Ortes, aber nicht mehr auf freiem Feld: das Geviert für das Vieh wurde auf der einen Seite nun vom Bauareal des Shopping-Centers begrenzt.

Sebi Schudel hatte diesem Fest von Kindsbeinen an beigewohnt – wahrscheinlich hatte er früher schon von einem preisgekrönten Rind oder Stier geträumt. Nun aber war er nicht mehr mit Herz bei der Sache, obwohl er selbst ein prämiertes Rind im Gatter stehen hatte. Der ganze Betrieb, der Viehgeruch vermischt mit jenem des Jahrmarktes versetzten ihn nicht mehr wie ehemals in Aufregung, auch bargen die schweren Treicheln, die zu gewinnen waren, keinen seiner Wünsche mehr unter ihrem grossbauchigen mattgelben Erzmantel, ihr Klang kam ihm dumpf vor, wie verschluckt.

Seine Wünsche galten einem andern blitzblanken Objekt, liessen sich also nicht mit Glockenklang, sondern in Kubik messen. Drüben in einem Geschäft: Sein Motorrad. Während das Fest in vollem Gang war und auf den Brettern Trachtengruppen ihre Tänze aufführten, sass er bereits auf seiner rassigen Maschine und brauste ins Unterland, wo ihn eine Frau erwartete, die anderes im Sinn hatte als scherbeln und schwofen.

Dass sein Rind prämiert wurde, freute ihn höchstens aus einer inneren Notwendigkeit, denn er hatte es schon längst Schüpps Sohn, dem Kari, versprochen und wartete lediglich auf den Preis, den er für den Kauf seiner «Kuwazzi» brauchte. Er gehörte bereits nicht mehr hierher. Er wollte weg.

Von den ortsansässigen Bauern wurde ihm dieses Weggehen auf die verschiedenste Weise ausgelegt. Dieses Frauenzimmer habe dem Sebi ganz schön das Brot vorgeschnitten und die Rechnung laufend gestrichen. Und der dumme Kerl habe von allem nichts merken wollen. – Jemand, der sich leichter übertölpeln lasse als der Sebi, könne man sich schwerlich vorstellen. Dabei habe ihm diese Weibsperson nicht nur den letzten Heller aus der Tasche gelockt, sondern ihm zu guter Letzt in Konstanz auch noch Spielschulden gemacht, so dass er gezwungen gewesen sei, sein Motorrad wieder zu verkaufen. – Keinen roten Rappen habe er mehr gehabt, als ihn das Luder in der Stadt stehen liess. Der arme Tropf.

Dies und ähnliches vernahm Frau Margret, wenn sie die Bauern, die Sebi gekannt hatten, nach ihm fragte. Kein Wort über sein Anwesen am Gschütt. Nichts über die verlorene Pacht.

Lieber sprach man über die trivialen Details seines Verhältnisses mit dieser Lebedame aus der Halbwelt. Daran entfachte sich die Phantasie jener, die von Sebis Geschichte erfuhren. Man schmückte sie aus, Mutmassungen über sein weiteres Los wurden angestellt, man dichtete einiges hinzu. Der alte Schueler wollte gar gehört haben, dass Sebi sich für sie strafbar gemacht habe und dass er nun dafür hocke. Andere wiederum machten sich glaubhaft, er sei mit ihr verheiratet und wähnten ihn im Glück. Bald sah es so aus, als hätte er Gschütt wegen dieser Frau verlassen.

Aber nicht alle weideten sich an seinem Missgeschick. Einige Bergbauern, Schüpp, Schümpli, wurden sonderbar einsilbig gegenüber jedem, der sie daraufhin ansprach: Die Arbeit auf der stotzigen Weide rief; die Kühe mussten gemolken werden; ein Klafter Holz wollte eingebracht sein. Ihre Anteilnahme hätte bei den Lachern ohnehin nur Kopfschütteln ausgelöst. Also schwiegen sie.

Ebenso Frau Margret. Lieber betrachtete sie den Ausgang der ganzen Geschichte als ungewiss, statt eigene Versionen hinzuzufügen. Wenn sie sich zuerst noch nach Sebi erkundigt hatte, in der Hoffnung auf eine gute Nachricht, so unterliess sie es später ganz. Denn niemand wusste genaueres.

Eines fand sie allerdings merkwürdig: Dass er sie in der Stadt nie besucht hatte. Sie bemerkte dies gegenüber Frau Schümpli, als sie an einem Abend im Spätherbst vor deren Haustür auf Sebi zu sprechen kamen. – Er habe sich bestimmt geschämt, räsonierte die ältere Bäuerin. Der Sebi habe ja nicht nur seine Pacht und das Vieh verloren, sondern sei aufs Mal seiner Herkunft entwöhnt worden – wie auch immer die Sache mit seinem Schatz verlaufen sei. Die beiden Frauen seufzten und schwiegen eine Weile, während vom Gehölz her der Novemberabend über die braunvioletten Halden hinaufstieg. – Und wie geht es sonst im Gewerb?, fragte Frau Margret schliesslich. – Nun, wenn wir keinen allzu strengen Winter bekommen und es uns drauf nicht ins Kirschblust hagelt, können wir alleweil zufrieden sein, sagte die Bäuerin und fügte dann leise klagend hinzu: Wenn nur endlich einer unserer Buben eine Braut heimbrächte . . . die Sache mit dem Sebi hat ihnen nicht eben Mut gemacht. (1982)

Jascha K.

Über das Schicksal gibt es im Kurdischen eine Legende von einem Mann, der nicht sterben wollte. Dieser Mann schloss, als er merkte, dass es mit ihm zu Ende ging, einen Pakt mit dem Tod, wonach ihm dieser noch ein Jahr Aufschub gewähren musste. Als das Jahr abgelaufen war und der Mann das Haus verliess, sah er auf der Strasse den Tod wie abgemacht auf ihn warten. Da sprang er geschwind auf sein Pferd und ritt, so schnell er konnte, zur Stadt hinaus. Er ritt und ritt, und schliesslich gelang es ihm, den Tod abzuschütteln. In der nächsten Stadt bat er in einer Herberge erschöpft um Einlass. Dies wurde ihm gewährt, man zeigte ihm sein Zimmer, er trat ein und erstarrte: In seinem Zimmer sass der Tod. – Wozu die Eile, Kamerad, sagte er zu dem Mann, ich wollte dir ja bloss mitteilen, dass wir zu dieser Stunde an diesem Ort eine Verabredung haben.

Jascha K. war Schüler an unserer Schule, oder Deutschlerner, wie es im modernen Unterricht jetzt heisst, er war Kurde, geboren in Urfa, und Flüchtling, Asylbewerber, in unserem Land. Aber bereits hier hören die familiären Bezeichnungen auf, die auf ihn zutreffen könnten. Mit gängigen Begriffen ist seinem Fall nicht beizukommen, wenn man überhaupt von einem «Fall» sprechen darf.

Wie soll man also seine Geschichte beginnen? – Etwa mit den anfänglichen Schwierigkeiten der verbalen Verständigung? Damit, dass man sich gleich von Anfang an irgendwie veranlasst sah, sich seiner besonders anzunehmen? – Tatsächlich war es schwierig, aus dem Mauscheln und den überstürzt geäusserten Sätzen des kleinen Mannes mit dem schwarzen Haarschopf und den fiebrig glänzenden Augen klug zu werden; doch etwas Dringendes, ein Plädieren und Anklagen zugleich, lag in seiner Stimme. Vom ersten Tag an.

Das Deutsch mühsam radebrechend und nervös an einer Zigarette ziehend, erzählte er schon nach den ersten Stunden, dass er unter starken Kopfschmerzen leide und meistens schlecht schlafe, und er fügte dem den geradezu pathetischen Ausruf hinzu: Ich will leben! Ich will leben! – Wie hätte man reagieren sollen? Fühlte sich der Mann bedroht? Oder war er etwa gar krank? – Natürlich, leben wollen wir alle...

Etwas stimmte nicht mit ihm. Er sah schon älter aus, als er gemäss seinem angegebenen Alter, neunundzwanzig, hätte aussehen müssen; er war sehr mager und sein Gesicht verhärmt, zudem war er beim Gehen behindert, konnte die Fersen nicht anheben und knickte bei jedem Schritt ein wenig ein, so dass seine Art sich fortzubewegen dem eckig-mechanischen Gang eines Aufziehmännleins glich. Durch diese Behinderung waren seine Sportschuhe seitlich stark ausgetreten, und die abgetragenen Jeans, die ein gutes Stück zu kurz waren, gaben knöcherige Fussgelenke frei. Wenn er mit seinem Becher Kaffee umherging, schwappte das Gebräu stets über den Rand, was er jedoch nicht zu bemerken schien.

Jascha war kein Deutschlerner wie die andern. Je nachdem wie es mit seinen Kopfschmerzen stand, oder je nachdem wie er geschlafen hatte, sass er aufrecht da und beteiligte sich auffallend rege, fast zu rege, an den Intensiv-Lektionen, oder er lag halb zusammengesunken im Sessel und sah apathisch vor sich hin. Manchmal, durch irgendetwas in Aufregung versetzt, stand er mitten während des Unterrichts auf, schaute flehend in die Runde und artikulierte mit grossem Nachdruck immer wieder denselben Satz: Ich sterbe nicht, ich will leben! – Anfänglich brachte er damit die ganze Klasse aus dem Tritt, aber niemand wagte ihn zu unterbrechen oder zurechtzuweisen. Obwohl es allen peinlich war, einigen sogar Angst zu machen schien. – Nachdem er sein «Ich will leben» gerufen hatte, setzte er sich jeweils ruhig auf seinen Platz zurück. Wir konnten weitermachen.

Hatten wir es mit einem Geistesgestörten zu tun? Mit einem Verrückten? – Das Sekretariat wusste nicht mehr, als dass er in der offenen Abteilung der psychiatrischen Klinik in Behandlung war. – Wofür? Und warum war er eigentlich in der Schweiz? – Auf

Fragen reagierte er heftig, so dass es schwer war, sich aus den wenigen verständlichen Brocken, die im breiigen Redefluss mitschwammen, ein Bild zu machen. Zunächst verstand man bloss, dass er aus der Türkei geflohen war und dass er hier um politisches Asyl nachgesucht hatte. Also ein politischer Wirrkopf? – So mussten ihn die andern betrachtet haben, wenn sie ihn am Morgen als ersten im Zimmer antrafen, und er lauthals kurdische Volkslieder absang.

Er hatte eine gute Stimme, die sich für den kehligen Klagegesang sehr wohl eignete. Aber er sang mit solchem Eifer, mit einem solch sonderbaren Ernst, dass er seine Mitschüler geradezu zum Lachen reizte, worauf er meistens verstummte. Das mochte der Grund sein, weshalb er am Morgen immer so früh zur Stelle war, sich einen Kaffee vom Automaten holte, die erste von vielen Zigaretten anzündete und im leeren Zimmer laut vor sich hin sang. Nicht selten kam es vor, dass er selber zu lachen anfing und damit die ganze Klasse ansteckte. Etwa dann, wenn es Schwierigkeiten mit der Aussprache gab, oder wenn ihm ein Versprecher unterlaufen war: Niklaus putzt sich den Hals und gurgelt die Zähne. – Wenn Jascha angestrengt lachte, bekam er einen Hustenanfall, er krümmte sich auf dem Stuhl zusammen, die dünnen Beine eng ineinander verschlungen, und man wusste dann nicht, ob er Hilfe benötigte; die Hustenanfälle hielten an, er brachte sie kaum unter Kontrolle. Dennoch: Als Lehrer sah man sich nicht veranlasst, Umstellungen zu machen. Jascha musste genauso über die Deutschgrammatikhürden wie die andern. Die Lehrmethode war für alle gleich. Und an Tagen, an denen Jascha nicht unter Schmerzen litt, war sein Lerneifer erstaunlich. Auch schien er eine überdurchschnittliche Bildung zu haben; danach gefragt, antwortete er betont: Mathematiker.

Dann aber kam wieder das Kopfweh. Und die wohl dadurch bedingte Schlaflosigkeit. Unrasiert, ungekämmt, mit glänzenden Pupillen und überwachen Augen sass er da und war nicht zum Sprechen zu bewegen. Er zeigte bloss, wie ihm sein Kopf weh tue, fuhr sich mit beiden Händen durchs dichte, zerzauste Haar: Tack, tack, tack ... wie krabbelnde Tierchen unter der Schädeldecke. Er habe einen Tumor und werde sicher bald sterben. Doch kaum hatte er das gesagt, lehnte er sich dagegen auf: Ich will leben! – Bildete er sich seine Krankheit bloss ein? Wenn er tatsächlich unheilbar krank war, was suchte er in einem Deutschkurs für Anfänger?

Offenbar fragte er sich das auch. An einem Vormittag, an dem er zu spät erschienen war, meinte er resigniert: Warum ich lernen Deutsch, in paar Tagen ich gestorben. – Natürlich winkte man ab, es gehörte zum Beruf des Lehrers, die Lerner anzuspornen, ihnen Mut zu machen. Auch bei sehr schwierigen «Fällen». – Vielleicht sei der Tumor, von dem er spreche, gutartig, oder vielleicht sei gar keiner da. Vielleicht. Ob er denn überhaupt etwas Bestimmtes wisse, oder bei einem Arzt in Behandlung sei. – Er gab keine Antwort. Wahrscheinlich verstand er gar nichts. Während des ganzen Unterrichts war kein Wort mehr aus ihm herauszubringen, jede Frage prallte an seiner apathischen Miene ab.

Es kam aber doch eher selten vor, dass er ganz unansprechbar war. Immerhin besuchte er den Kurs regelmässig, was man als Zeichen seines Lerneifers, den er streckenweise an den Tag legte, auffassen konnte. Ernsthaft bemüht ging er dann mit, wiederholte Sätze mehrmals, arbeitete verbissen an der Verbesserung seiner Aussprache und entschuldigte sich fast unterwürfig, wenn ihm ein Fehler passierte. Er trug ständig ein zerfleddertes Wörterbuch mit sich herum und stückelte damit einzelne Sätze zusammen, die er bestätigt haben wollte. Er brauchte das anscheinend: Bestätigung, eine Stütze, woran er sich aufrichten konnte. Wenn er die Bestätigung nicht bekam, ständig bekam, entstand Misstrauen zwischen ihm und den andern, dann wurde er fast feindselig. – Es dauerte einige Zeit, um sich auf die Stimmungsschwankungen einzustellen, aber langsam gewöhnte man sich an sie, man verzieh ihm, man bekam Mitleid.

Er sang: Ein Klotz aus Eis bin ich, die Sonne brannte auf mich nieder, aber ich bin nicht geschmolzen. Das Lied hatte er in der Pause anhand seines Wörterbuches übersetzt. Er habe es in Gefangenschaft gelernt, sagte er und legte die Handgelenke übereinander, deutete Handschellen an. – Ob er denn lange im Gefängnis gewesen sei? Heiser und erregt begann er zu gestikulieren, nein, nicht lange, aber dafür mehrere Male. – Und warum? – Weil er sich für sein Land, Kurdistan, und für seine Muttersprache, das Kurdische, eingesetzt habe.

Die Kopfschmerzen liessen sich auch mit dem Föhn erklären: Leute mit einem Hang zu Migräne litten besonders unter Föhneinfluss, Föhndruck mache den Rheumatikern und chronisch Kranken zu schaffen, und auch aus andern Ländern Zugereiste hätten Mühe, sich ans Föhnwetter zu gewöhnen. Man kenne das, das Kopfweh. Das sei eine häufige Erscheinung. – Aber mit Erklärungen konnte man es ihm nicht ausreden. War er ein Hypochonder? Nahm er Medikamente, Pillen? – Der Grund seiner Stimmungsschwankungen war leicht und bequem darin zu sehen, denn er trug stets ein Schächtelchen schmerzstillender Mittel und ein zweites mit Schlaftabletten herum. Aber niemand wagte zu fragen, warum er die Mittel überhaupt nahm. Zu nahe wollte man ihm doch nicht kommen, er musste ja seine Gründe haben.

Der Arzt in jener Heilanstalt, wo Jascha in ambulanter Behandlung war, konnte auch nicht weiterhelfen. Es tue ihm leid, sagte er am Telephon, er dürfe nichts sagen – das Arztgeheimnis. Man müsse sich an das Fürsorgeamt wenden.

Wir fragten uns auch, warum Jascha sich weigerte ins Sprachlabor zu kommen. Er liess sich unter keinen Umständen dazu bewegen, blieb draussen sitzen und rauchte eine Zigarette nach der andern. Er gab in Andeutungen und Gesten eine Art Erklärung ab, zeigte, wie man einen Kopfhörer aufsetzt und schnitt eine Grimasse dazu. Hatte er Angst vor der Technik? War er am Ende gar abergläubisch? – Wir liessen ihn draussen sitzen, es hatte keinen Sinn, ihm zuzureden, einige zuckten mit den Schultern, in einer Mischung von Bedauern und Gleichgültigkeit.

Ein anderes Vorkommnis machte stutzig. Im Zimmer ragten zwei elektrische Drähte aus der Wand. Jemand hatte das Tonband überhastet ausgezogen. Als man den Schaden reparieren wollte, sprang Jascha vom Sessel auf und hielt den Mann zurück. Er fuhr mit den Händen in der Luft herum, bewegte die Finger über dem Schädel und wiederholte mehrmals: Tack, tack, tack . . . Niemand wusste, was er damit meinte. Man lachte vorsichtshalber. Aber ihm war ernst. Nichts konnte ihn von der Harmlosigkeit der Drähte überzeugen. Beinah unterwürfig bat er den Elektriker, die Drähte nicht anzurühren, nannte ihn flehentlich «Herr Kollege», was weder angebracht noch naheliegend gewesen wäre. Die Drähte blieben schliesslich, wie sie waren, der Unterricht ging ohne Tonband weiter, es war Jascha anzusehen, dass er stolz war, die Situation gerettet zu haben.

Einmal wies er ein mehrfach gefaltetes Papier vor, einen schmuddeligen amtlichen Brief mit dem Briefkopf des Fürsorgeamtes, mit der Bitte, man möchte dort einen gewissen Herrn anrufen. – Nun war es jedoch nicht leicht, diesen Herrn zu erreichen. Erst nach mehreren Versuchen meldete sich der Mann, der für mehrere Hundert Flüchtlinge zuständig war. Auf den Namen Jascha K. könne er sich noch besinnen, aber der Fall sei ihm nicht präsent. Und als er nach einer Weile die Akte gefunden hatte, erklärte er, das meiste sei ohnehin Aktengeheimnis und dürfe niemandem ausser den behandelnden Ärzten bekannt gegeben werden. Mit dem Deutschunterricht hätten sie vom Fürsorgeamt nichts zu tun, damit sei ein gewisses Fräulein Spiri vom Sozialdienst betraut, man möchte sich doch in allen diesbezüglichen Fragen an sie wenden.

Die Auskünfte von Fräulein Spiri waren auch nicht viel aufschlussreicher. Man sei mit Jaschas «Fall» bestens vertraut, sagte sie knapp, er stehe unter enger Betreuung. Was die ärztlichen Befunde angingen so dürfte sie darüber nichts sagen. Hingegen habe sie persönlich den Eindruck, dass die Deutschkurse Jascha gut täten, dass sie für ihn eine Therapie seien. – Auf den Einwand, ein Deutschlehrer sei kein Therapeut, besonders wenn er nichts Genaueres über die Krankheit wisse, meinte sie, es gehe ihm jedenfalls doch viel besser als noch vor einigen Monaten, mehr dürfe man im Moment nicht erwarten.

Von den erwähnten Fortschritten konnten wir freilich nichts sehen, wir hatten Jascha vor Kursbeginn nicht gekannt und niemand, Jascha am allerwenigsten, konnte etwas über den Krankheitsverlauf sagen. Ständig wechselte seine Verfassung, ein ewiges Auf und Ab, auch wenn sich die besseren Phasen gegen Ende der ersten Kursperiode etwas länger zu halten schienen. Dann nämlich kam er jeden Morgen glatt rasiert zum Unterricht, sein dichtes Haar war gekämmt, er machte einen ausgeruhten Eindruck, es gelang ihm, sich klarer auszudrücken und sein Lerneifer war beinah rührend. Man erhielt den Eindruck, er sei von einer langwierigen Geschichte genesen. In den Pausen kauerte er am Boden und legte Karten aus. Jeweils ein Mitspieler musste versuchen, von drei verdeckten Karten, die ihm Jascha zuerst gezeigt und danach blitzschnell vertauscht hatte, die richtige zu erraten. Eins ums andere Mal fixierte Jascha sein Opfer mit lauerndem Blick und drehte stets eine andere Karte als die für richtig gehaltene um. Alle mussten sich von ihm hereinlegen lassen, sein Spieleifer wuchs zunehmend, man spürte, dass er seinen Triumph durch und durch auskostete.

Aber dann erschien er eines Morgens nicht. Tags darauf kam er völlig verstört daher und behauptete, ja, beschuldigte uns, wir seien Polizeispitzel, und weigerte sich auf irgendwelche Fragen einzugehen. Etwas später, als sich seine Nachbarin, eine junge Peruanerin, bei seinen übertriebenen Anstrengungen an die Stirne tippte, schaute er sich hilfesuchend um und stammelte in nur teilweise verständlichen Brocken, wehrlos gestikulierend: Fräulein nicht verstehen . . . ich Heilanstalt wohnen, ja, aber ich nicht verrückt bin. Darauf ging er weg, mühsam gegen die aufkommende Wut und offensichtlich mit den Tränen kämpfend. Wir waren ratlos, verlegen.

94

Das komme bei Jascha leider öfters vor, meinte Fräulein Spiri am Telephon, er habe eben ein sehr ausgeprägtes . . . Schutzbedürfnis. Auch neige er zu Wahnvorstellungen und Verfolgungsängsten. Er könne sich manchmal wie ein Kind benehmen. – Und die Kopfschmerzen, unter denen er ständig leide? – Man wisse noch nicht, ob sie körperlichen oder psychosomatischen Ursprungs seien. Die Ärzte hätten noch mehrere Tests vorgeschen, bevor sie diese . . . Kopfschmerzen endgültig diagnostizieren könnten.

Ein Bild im Lehrbuch stellt einen jungen Sporttaucher dar, der auf einem umgekehrten Fischerkahn sitzt und mit überlegener Miene einer Gruppe von alten, erfahrenen Fischern die Vorteile eines automatischen Harpuniergeräts erklärt. Die Fischer stehen oder hocken mit verschränkten Armen um ihn herum und legen ihr Gesicht in nachdenkliche Falten. – Jascha verstand das Bild sofort auf eine eigene, eigentümliche Art, ohne überhaupt erst auf die intendierte Ansicht des Cartoons zu kommen. Der junge Sporttaucher, erklärte er einer verwunderten Mitschülerin, das sei er, und der da sein Arzt in der Klinik. Jascha zeigte auf einen pfeifenrauchenden Dicken mit Bart. Weiter sei da ein Beamter der Fremdenpolizei, nämlich der Dünne mit der Habichtnase, und dahinter stehe sein Psychiater und neben ihm noch ein Arzt. Plötzlich zeigte das Bild nicht mehr die in ihrer Existenz bedrohten Fischer, sondern einen ahnungslosen Jüngling, umringt und umzingelt von einem

Gremium von Experten, das ihn scharf beobachtete und analysierte.

Dass Jascha viele, wenn nicht allzuviele Betreuer hatte, wurde klar, als er einen kleinen Visitationszettel eines Spezialarztes vorzeigte. Dieser behandelte Jascha anscheinend unabhängig von der Nervenklinik und versorgte ihn mit zusätzlichen Medikamenten. – Wozu er denn die vielen Medikamente – Schmerztabletten, Schlaftabletten, Beruhigungsmittel – alle nehmen müsse? – Jascha zuckte mit den Schultern, blickte mit verhangenen Augen vor sich hin.

Beim Konjugieren des Verbes «aufhängen» fragte ein Schüler nach der Bedeutung dieses Wortes. Spasseshalber demonstrierte es jemand an sich selber, anhand eines imaginären Stricks. Da begann Jascha plötzlich konvulsiv zu lachen, und nachdem er sich wieder etwas gefasst hatte, sagte er mit rasselndem Atem aber unmissverständlich: Ich viel gesehen . . . aufhängen.

Dann, an einem Morgen im November, kam Jascha in beinahe euphorischer Stimmung zur Schule. Er deutete auf seinen Kopf und erklärte, er sei gesund, völlig gesund, der Arzt habe es gesagt, alle Tests hätten sich als negativ erwiesen: kein Tumor, keine mehr Kopfschmerzen. Er könne weg von der Klinik, in ein Heim, vielleicht sogar arbeiten, die richtige Therapie machen. Und natürlich, so lachte er breit, Deutsch lernen. Jedem einzelnen erzählte er die für ihn so wichtige und gute Nachricht, und während des Unterrichts wiederholte er dasselbe, als könne er es noch nicht richtig glauben. Tatsächlich entliess man ihn einige Tage darauf aus der Klinik und aus der Behandlung, Jascha konnte in ein Heim umziehen.

Zugegebenermassen atmeten wir auf. Die einen, weil sie sich nun einen ruhigeren, geordneteren Unterricht versprachen, die andern, weil sie es als beruhigend empfanden, dass er in einem Heim Zuflucht gefunden hatte. In einem Heim, so stellten wir uns vor, würde es ihm bei tatkräftiger Unterstützung und angemessener Pflege sicherlich besser gehen.

Für eine Weile schien sich das auch zu bestätigen. Der Unterricht verlief nun ruhiger, es stand wieder das Lernen, die deutsche Sprache, im Vordergrund. Und die alltäglichen Dinge: Ofelia, eine Philippinerin, beklagte sich beinahe täglich darüber, dass eine Sendung bestellter Herbstkonfektion immer noch nicht eingetroffen sei. Neben ihr sass Jascha und übte sich fleissig im Konjugieren deutscher Verben. Er sang nun keine kurdischen Volkslieder mehr, er hatte sich von der Politik gänzlich losgesagt, meinte, dass Kurdistan zwar seit tausend Jahren unterdrückt sei, aber jetzt lebe er in der Schweiz und kümmere sich nicht mehr um Politik. Politik nicht gut für Gesundheit, sagte er und deutete auf seinen abgemagerten, lädierten Körper.

Was war nun eigentlich mit diesem Jascha K.? – Was war das für ein Mensch, der da so offenkundig, um nicht zu sagen penetrant, die Aufmerksamkeit aller in Anspruch nahm? – Ein kleiner, schmächtiger Mann, äusserlich unauffällig – abgesehen von seiner Behinderung und der leicht gekrümmten Haltung –, aber innerlich zerschlagen, erniedrigt, gehetzt; ein an und für sich unscheinbarer Mann, der jedoch den Eindruck hinterliess, er habe sich aus der Grauzone zwischen Leben und Tod unter die Lebenden verirrt; ein jüngerer Mann, der einige im jugendlichen Idealismus begangene Unvorsichtigkeiten aufs Bitterste gebüsst hatte, dem der letzte Rest Jugend gründlich ausgetrieben worden war; früher vielleicht ein Mann wie jeder andere, mit seinen schwächeren und stärkeren Momenten; ein ehemaliger Mathematikstudent, der unter Umständen bei irgendeiner Versicherungsgesellschaft in Istanbul sein Auskommen verdient hätte, heute jedoch derart reduziert und eingeschüchtert, dass ihn jedes laute, nicht einmal an ihn gerichtete Wort auffahren liess; ein Mann, der solchen Demütigungen ausgesetzt gewesen war, dass ihm nun das gewöhnliche Leben wie ein unsinniger Zeitvertreib vorkommen musste, den aber ein kleiner Funke Lebensmutes im innersten Winkel seines Wesens vor dem sicheren Tod bewahrt hatte; ein halber Krüppel, ein Opfer der Folter.

Bisher hatte er nie etwas davon erzählt. Aber an einem Vormittag zog er auf die Frage einer Mitschülerin wortlos das Hemd aus der lose sitzenden Hose und entblösste seinen ausgemergelten Oberkörper. Die weisse Haut war über und über mit rosaroten

Narbstellen bedeckt, die, wie er andeutete, von brennenden Zigaretten herrührten. Seine linke Körperseite sei durch die Elektrofolter von der Hüfte an aufwärts gefühllos geworden, und seine Gehbehinderung komme daher, dass ihm die Achillessehnen an beiden Fersen durchgeschnitten und die Zehen beider Füsse mit dem Gewehrkolben zermalmt worden seien. Er zog eine Socke aus und zeigte die verkrüppelten Fussspitzen, sagte mit einem bedauernden Lächeln, zwar seien die Knochen wieder zusammengewachsen, aber bewegen könne er sie doch nicht mehr richtig. – Schon fast entschuldigend wies er dann auf die Kinnlade: Auch die sei gebrochen gewesen. Man habe ihm ins Gesicht getreten, mit dem Stiefelabsatz Kiefer und Zähne eingeschlagen.

Merkwürdig war, dass Jascha während dieser Entblössung sachlich, ja, irgendwie unbeteiligt blieb, auch wenn er sich ein paarmal verhaspelte; er behandelte seinen Körper wie etwas, das nicht ganz zu ihm gehörte, ihn nichts mehr anging. Hastig stopfte er das Hemd in die Hose und zündete eine Zigarette an. Den Rauch tief einziehend meinte er: Aber ich nicht gestorben. Zweimal ich mit Pistole getötet bin, verstehen Sie? Er hielt Mittel- und Zeigefinger an die Schläfe und liess den Daumen zuschnappen. – Erst später verstanden wir, was er damit gemeint hatte: eine Scheinhinrichtung. In jenem Moment wäre es keinem von uns eingefallen, ihm Fragen zu stellen, auch nicht, warum er in Haft gewesen sei. Nichts –

nichts hätte eine solche Misshandlung eines Menschen erklären können.

Von nun an hielt man mit dem Mitleid nicht mehr hinterm Berg. Einige Kursteilnehmerinnen nahmen sich seiner vorbehaltlos an, sie umhegten ihn, erkundigten sich ständig nach seinem Befinden und zeigten bei jeder Gelegenheit ihr Mitgefühl. Wenn man früher noch eher zurückhaltend gewesen war, bemühte man sich nun in jeder Hinsicht, ihm behilflich zu sein, man holte ihm Kaffee, bückte sich für ihn, wenn ihm das Buch von den Knien gerutscht war, man munterte ihn auf, redete ihm zu. Sogar Ofelia, die mittlerweile ihre Herbstkonfektion erhalten hatte, zeigte sich von einer rührend fürsorglichen Seite.

Aber merkwürdigerweise stellte sich bei Jascha trotz dieses ihm zuteilwerdenden Mitleids keine Besserung ein. Im Gegenteil, sein Zustand verschlimmerte sich. Hartnäckig kehrten die Kopfschmerzen wieder, schienen einmal stärker, dann weniger stark zu sein, waren aber sicher für die Schlaflosigkeit verantwortlich, die ihm deutlich ins Gesicht geschrieben stand. Dann begann er immer häufiger zu fehlen. Meistens zeigte er einen Zettel für einen Termin bei diesem oder jenem Arzt vor, oder eine Vorladung der Behörde. Mit der Zeit erschien er nur noch jeden dritten Tag und machte dabei meist einen verstörten, desorientierten Eindruck. Seine Mitschüler sparten nicht mit Rat, er müsse weniger Tabletten schlucken, jedenfalls nur die notwendigsten Medikamente nehmen. Umsonst. Blosses Zureden nützte nichts. Das

Mitgefühl versetzte ihn höchstens in Weinerlichkeit. Zuletzt kam er gar nicht mehr in den Deutschkurs.

Doch kam es auf einem der grossen Plätze der Stadt zu einer zufälligen Begegnung. Er stand etwas verloren bei einer Gruppe versprengter Jugendlicher, die sich hier um diese Zeit jeweils Stoff beschafften. War er in die Drogenszene geraten? – Auf die Frage, wie es ihm gehe, schüttelte er traurig den Kopf. Nicht besser. Wir standen eine Weile stumm und etwas verlegen da, im Lärm, in der Feierabendhektik, und endlich sagte er stockend, gerade komme er von der Polizei. Die Polizei habe ihm viele Fragen gestellt, sie habe ihm nichts glauben wollen. Die Polizei wolle nicht, dass er Asyl bekomme. Sicher, so argwöhnte er, arbeite sie mit der türkischen Polizei zusammen. – Was sollte man davon halten? Wahrscheinlich sei das nur eine Routinebefragung gewesen, wie sie halt mit Asylsuchenden üblicherweise gemacht werde. Aber Jascha schüttelte heftig den Kopf. Die Polizei sei hinter ihm her, sie sei mit den «Grauen Wölfen» hinter ihm her, die Polizei arbeite mit ihnen zusammen, man wolle ihn töten, ihn töten . . . Etwas später, in einem Café, wohin er nur widerstrebend gefolgt war, behauptete er dasselbe noch einmal. Alles Zureden, das sei doch Unsinn, wir befänden uns nicht in der Türkei, in keinem Polizeistaat, prallte an ihm ab. Er sass schlaff auf seinem Stuhl und starrte mit fiebrig-feuchten, ungläubigen Augen ins Leere.

Er weigerte sich, trotz wiederholter Aufmunterung, den Kaffee zu trinken. Er zündete sich eine Zigarette an und liess die Kaffeetasse stehen. – Warum er seinen Kaffee nicht trinken wolle? – Keine Antwort. Höflich aber bestimmt schob er die Tasse weit von sich weg. – Also gut, wenn er nicht wolle . . . aber warum denn nicht? Nach längerem hartnäckigen Schweigen sagte er endlich, gedrückt, der Kaffee sei vergiftet. – Was? Das glaube er doch selber nicht, das sei ja absurd. Das müsse er doch selber einsehen. Aber Jascha sah es offensichtlich nicht ein. – Jascha! Wir befinden uns in einem hundskommunen Café, schau dich um! Es half nichts, kein Lachen und kein verständnisloses Kopfschütteln, er trank seinen Kaffee nicht, blickte unverwandt vor sich hin, als ob er nichts, absolut nichts mehr glauben könne.

Auf dem Fürsorgeamt lehnte man jegliche Verantwortung für Jascha ab. Man war einfach überlastet. Man übertrug die Zuständigkeit auf die Ärzte. Man erklärte Jascha für «zusammenarbeitsunfähig». Auch Fräulein Spiri war derselben Meinung. Man müsse ihn jetzt ein wenig auf sich selber gestellt lassen. Er dürfe nicht verhätschelt werden. Das sei so eine Sache bei ihm: Je mehr man sich um ihn kümmere, desto abhängiger werde er und desto weniger sei er gewillt, etwas zur Besserung seiner eigenen Gesundheit beizutragen. Wenn es mit der Zeit nicht aufwärts ginge mit ihm, so würde man sich gezwungen sehen, ihn wieder in die psychiatrische Klinik einzuweisen. – Was die Zahlungen für den Deutschunterricht anginge, so würden diese jetzt auch eingestellt, da er ohnehin nur noch sporadisch erschienen sei. Es liege nun an ihm, etwas Goodwill zu zeigen.

Das Heim, in dem Jascha untergekommen war, erwies sich als eine Notschlafstelle in der Nähe des Bahnhofs. Ein altes, heruntergekommenes Gebäude, das von aussen an eine Militärkaserne erinnerte und von innen, wenn man in den zugigen, leeren Gängen stand, auch an ein verlassenes Schulhaus. Auf mehreren Stockwerken lagen zahlreiche kleine Zimmer, deren Türen aus den Angeln gehoben waren, so dass die dürftige Einrichtung auf einen Blick sichtbar wurde: Ein Metallschrank, eine Pritsche, ein Stuhl. Durch die verstaubten Fenster drang der Lärm der verkehrsreichen Strasse. Zwischen den beiden Treppen befand sich ein grosser Gemeinschaftsraum und die Gemeinschaftsküche. Alles wirkte leer und unbenutzt, das einzig Auffallende waren die Verordnungen und die Listen, welche überall in den verschiedensten Sprachen an den Wänden prangten, aber auf keiner Liste war Jaschas Name vermerkt, und niemand da, der Auskunft hätte geben können. Im obersten Stockwerk tollten drei kleine Kinder herum, ihr Geschrei hallte durch die öden Räume.

Abgesondert vom restlichen Teil des Gebäudes war das Büro untergebracht, wo sich der engagiertere Teil, nämlich die Betreuer dieser Auffangstation für Flüchtlinge, offenbar befand. Ein paar Aufkleber hafteten an der niedrigen Tür und einiges Informationsmaterial steckte in einem Entnahmekasten. Im Büro selber sass ein jüngerer Mann hingeflegelt hinter einem Schreibtisch und malte auf einem blanken Notizblock herum. Es war dunkel in dem kleinen Zimmer, bloss eine Tischlampe verbreitete ein weisses Licht. Aus unerklärlichen Gründen waren die Gardinen zugezogen.

Der junge Sozialarbeiter sah uninteressiert oder jedenfalls abgekämpft aus. Auf alle Fragen nach Jascha antwortete er müde: Ach ja, der ... eine gute Frage. Wo der sich jeweils aufhält, das wissen die Götter. – Ob er denn nicht hier wohne. – Doch, doch, sagte der Sozialarbeiter, aber er wechsle häufig das Zimmer, sei da und dort anzutreffen ... ein ziemlich wetterwendischer Typ, dieser Jascha. – Wusste man nicht, dass er krank war? – Sicher, sicher, man kenne seine Geschichte, aber alles könne man denen ja nicht abnehmen. Mal plötzlich tauche er auf und ziehe über die Polizei oder die Ärzte her, mal gebe er vor, die «Grauen Wölfe» stellten ihm nach, dann bleibe er tagelang weg oder sei unansprechbar. – Und jetzt? – Jetzt sei er wahrscheinlich wieder ausgegangen. Man werde ihm auf alle Fälle ausrichten, dass jemand für ihn dagewesen sei. Der Sozialarbeiter kritzelte etwas auf seinen Schreibblock: Ich lass die Notiz für meinen Kollegen da – wir arbeiten nämlich zu zweit, rund um die Uhr.

Im Dezember wurde Jascha wieder in die psychiatrische Klinik eingewiesen, diesmal in die geschlossene Abteilung. Zur ärztlichen Beobachtung, wie es hiess. Nun konnte man Jascha wenigstens besuchen und dabei sicher sein, ihn anzutreffen. Die Nervenklinik, ein langgestrecktes Gebäude am Rande der Stadt, war von einem hohen Zaun streng umgrenzt. Ein Besucher musste sich über die Gegensprechanlage vorgängig anmelden, den Grund seines Besuches angeben und wurde dann zum Warten aufgefordert. Nach einer Weile durfte er einen Summer betätigen, eine Glastür glitt lautlos zur Seite, er durfte eintreten, stand in einem endlos langen Korridor mit blanken Linoleumböden und Weihnachtsschmuck aus farbigem Aluminium an der Decke. Vereinzelt, den Wänden entlang, sassen Patienten bewegungslos auf gepolsterten Sesseln. – Auch Jascha stand da, weiter vorn am Fenster, und rauchte. Er sah aus, als ob er den ganzen Tag dort gestanden hätte.

Es kam zu keiner richtigen Begrüssung. Ehe wir uns überhaupt die Hand gegeben hatten, fing Jascha heftig an zu klagen und zu flehen. Warum hielt man ihn hier fest? Warum konnte er nicht nach draussen? Warum liess man ihn nicht frei? – Erst nach einer Weile beruhigte er sich etwas, wir gingen durch den Korridor zu einem leeren Tagesraum. Wir setzten uns an einen Tisch, Jascha rauchte ununterbrochen, achtete dabei kaum auf die Asche.

Zuerst habe man ihm gesagt, er müsse nur sieben Tage bleiben, und jetzt sei er bereits zwei Wochen hier. – Wie es ihm denn nun gehe? – Nicht gut, nicht gut. Immer Kopfschmerzen und keinen Schlaf. Aber er wolle weg! Er bekomme hier nicht die richtige Therapie. Nur Tabletten, Tabletten. – Ob er keine Beschäftigung habe oder sich körperlich irgendwie betätigen, zum Beispiel spazieren gehen könne. Er schüttelte den Kopf, fügte hinzu, als handle es sich um eine Nebensächlichkeit: Am Nachmittag eine Stunde Ergo-Therapie.

Eine Pflegerin erschien und fragte, ob er seine Medikamente genommen habe. Jascha zuckte gleichgültig mit den Schultern, worauf die Pflegerin den Raum wieder verliess. Ohne richtig zuzuhören oder die Mitteilungen und Grüsse von seinen Klassenkameraden aufzunehmen, stierte er auf die glimmende Zigarettenspitze, und erst der Vorschlag, wir könnten eine Partie Schach spielen, brachte etwas Leben in sein Gesicht. Er stand auf und humpelte zu einem Schrank, in dem zerfledderte Zeitschriften und Brettspiele durcheinanderlagen. Eilig trug er das abgeschabte Holzbrett herbei und stellte eine Reihe ungleicher Figuren auf. Wieder der alte Eifer wie beim Kartenlegen in der Schule; der Spieleifer als eine Art Überlebensstrategie.

Während wir spielten, fanden sich allmählich Jaschas Mitpatienten aus der Abteilung A im Tagesraum ein: Ein älterer, in sich gekehrter Mann, der in einer Ecke Platz nahm, die Zeitung durchblätterte, zuerst von vorn nach hinten, dann von hinten nach vorn, um sie am Schluss ganz zu zerzausen; ein junger Bursche mit einer Kapitänsmütze, der, monologisierend über sein gutes Recht, sich selber das Leben nehmen zu dürfen, zwischen Korridor und Tagesraum hin und her ging; ein greiser Mann mit stierem

Blick, den man behutsam hereinführte und an einen Platz setzen wollte, den es aber immer wieder auf die Beine trieb, wobei er ständig «maman» heulte. Bis zuletzt war der Tagesraum angefüllt mit Patienten und Besuchern. Trotz des Rauchverbots wurde unmässig geraucht, aber wenig und eher tuschelnd gesprochen.

Wir spielten immer zerfahrener. Jascha wirkte unkonzentriert, sein Blick irrte, wenn wieder ein neuer Patient erschien, zur Türe und wieder auf das Schachbrett zurück. Es wurde zunehmend stickiger im Raum, eine Luft zum Schneiden, bald fuhren wir mit den Schachfiguren nur noch müssig hin und her, am Ende wussten wir nicht einmal mehr, wer am Zug war. Es war klar, dass Jascha das Spiel mit allen Mitteln hinauszögerte, vielleicht weil er Angst hatte, allein gelassen zu werden, und als wir die Partie endlich abbrachen, begann er fieberhaft draufloszureden. Er erzählte mehrmals dasselbe, geriet immer mehr ins Quasseln, hier bekomme er nicht die richtige Therapie, der Doktor wolle gar nicht, dass er wieder gesund werde, Asyl bekomme er sicher auch keins, die Polizei arbeite gegen ihn, die Polizei glaube, er sei ein Terrorist und so weiter; es ging ihm offensichtlich darum, die Besuchszeit so lang wie nur möglich hinauszuziehen. Das Versprechen einer baldigen, längeren Visite nahm er begierig und dankbar entgegen.

Dass Jascha mit Geisteskranken und Suizidpatienten zusammen sei, müsse sich nicht unbedingt negativ auswirken, meinte Dr. Berner, ein junger

Arzt mit Bart und goldgerahmter Brille. Man könne bei ihm noch nicht mit Bestimmtheit sagen, ob die Krankheitssymptome psychosomatischen Ursprungs seien, oder ob er unter Wahnvorstellungen leide; physisch fehle ihm sicher nichts, das hätten die Tests gezeigt. Auf jeden Fall aber sei er unfähig, sein Leben selber zu bestimmen und gefährde sich dadurch selber. Dr. Berners Erklärungen klangen ausweichend, so als distanziere er sich laufend von seinen Äusserungen, wobei es dahingestellt blieb, ob er nicht ganz sicher war, oder ob er die Abteilung A bloss als Durchgangsstation auf seiner Berufslaufbahn betrachtete. Wir standen im Korridor, und Jascha lauerte auf jedes Wort einige Schritte hinter uns. – Ob nicht vielleicht die vielen Medikamente schuld sein könnten an seinem schlechten Zustand? – Das, meinte der Psychiater, sei schwer festzustellen, solange Jascha die Medikamente nicht regelmässig einnehme. Gerade das sei bei ihm die Schwierigkeit. Er kooperiere in keiner Hinsicht, nehme die Pillen nicht wie vorgeschrieben, esse nicht genug und benehme sich auch sonst querulantisch. – Warum man ihn nicht wenigstens den Kurs besuchen lasse, damit er ab und zu aus der Klinik herauskomme? – Diese Möglichkeit sei erst wieder ins Auge zu fassen, wenn Jascha eine gewisse Zeit lang die ärztlichen Anweisungen befolge. Dr. Berner wandte sich Jascha zu und sagte in jovialem Ton zu dem angestrengt mithörenden Kurden: Na, wie wärs, Jascha, wenn wir die Medikamente mal regelmässig zu uns nehmen würden? Sagte es und verschwand in sein Büro.

Kurz vor Weihnachten lud Scharazad, eine Perserin, die Klasse zu sich nach Hause ein, und zwar, so fand sie, sollten alle, auch Jascha, dabei sein: Es würde ihm sicher gut tun, einmal von der Anstalt wegzukommen. Man war sich einig, also fuhr Scharazads Mann mit dem Auto zur Klinik, holte Jascha ab, während die andern sich in der Küche zu schaffen machten: Spezialitäten wurden gekocht, Wein wurde geöffnet, alles in der guten Meinung, man könne Jascha damit eine Freude machen. Und tatsächlich: Er kam. Zögernd und leicht schwankend trat er über die Türschwelle, blieb, als man ihn von allen Seiten begrüsste, verunsichert stehen und blinzelte im hellen Korridorlicht wie jemand, der nach langer Zeit aus einem dunklen Keller geholt wird. Er rang sich ein Lächeln ab und liess sich ins Wohnzimmer führen. Dort drückte man ihm ein Weinglas in die Hand, schenkte ihm ein, forderte ihn auf zuzugreifen, fragte, wann er wieder in den Kurs komme. Er schaute lange vor sich hin, gerührt aber offensichtlich ohne Appetit, er entschuldigte sich mehrmals, er möge nicht essen, und auch den Wein rührte er nicht an. Man versuchte ihn aufzumuntern: Komm Jascha, trink etwas Orangenjus, und da, iss! – wenigstens ein bisschen. Er bedankte sich unterwürfig, und man liess ihn in Ruhe, vielleicht musste er sich erst an die neue Umgebung gewöhnen. Er aber stand schon wenig später auf und ging unauffällig ins Nebenzimmer hinüber, wo er sich halb liegend in einen Fauteuil setzte. Er begann mit dem Videogerät zu spielen, starrte auf das Geflimmer und Gerausche und schien sich dabei zu entspannen. Er nahm von nichts Notiz, achtete weder auf das Lachen noch auf das Geplauder im Esszimmer, liess sich einnebeln vom Zigarettenrauch und dem Schneegestöber auf der Mattscheibe. – Auch wir hatten ihn schon fast vergessen, als er auf einmal ins Esszimmer wankte; bleich, mit glitzernden Augen klammerte er sich an der Tischkante fest und sagte hüstelnd, kaum hörbar, Sie wissen, Sie alles wissen . . . ! und verstummte gleich darauf wieder. – Was denn, Jascha, was sollen wir wissen?, schrien wir alle fast gleichzeitig, aber er schwieg und schloss die Augen. Erst nach einer Weile sagte er langsam und resigniert: Sie mich töten wollen, die «Grauen Wölfe» mich töten wollen, der Arzt auch, der Arzt gesagt, ich nicht mehr lange leben. – Wir widersprachen vehement, aber nein doch, warum, wohin er denke, und wer diese «Grauen Wölfe» denn eigentlich seien. – Er gab keine Antwort mehr, hatte sich bereits abgewandt, es wurde still am Tisch, man mochte nicht mehr so richtig essen und nicht mehr reden, nur von nebenan tönte das beständige, entnervende Rauschen des Fernsehers.

Beim nächsten Besuch in der Klinik war Jascha noch unnahbarer. Wieder sassen wir im Tagesraum der Abteilung A, es war Abend, viele Patienten sassen herum, der Zigarettenrauch verdichtete sich beinahe zu einer Wand. Ein Streit entbrannte um das

Fernsehprogramm, obwohl niemand wirklich hinsah, es schien sich darum zu drehen, wer das schwarze Fernbedienungskästchen halten durfte.

Jascha sass im Sessel und grübelte an der Hosennaht. – Nimmst du jetzt deine Medikamente wie vorgeschrieben? – Stummes Nicken. – Isst du jetzt auch regelmässig? – Er hüstelte und nickte wieder. – Und? Kannst du bald wieder raus? – Jascha zuckte mit den Schultern, seine grossen, schwarzen Augen blieben ausdruckslos. Wir spielten eine Partie Schach, eine halbe Stunde lang schoben wir mehr oder weniger planlos Figuren auf dem Feld herum, dann war Jascha auf einmal matt. Er nahm es kaum zur Kenntnis, wir liessen das Spiel unaufgeräumt stehen, vertagten die Revanche auf ein andermal.

Wir begannen, Jascha etwas zu vernachlässigen. Im Kurs wurde weniger von ihm gesprochen und Besuche kamen immer seltener vor. Der Helferwille erlahmte langsam. Man war offensichtlich an eine Grenze gestossen; es mangelte uns an Kenntnissen und an Erfahrung, aber es fehlte vielleicht auch irgendein erkennbarer Fortschritt. Erst viel später erfuhren wir aus Zeitungen, dass es in Kanada und Dänemark medizinische Zentren gibt, wo Folteropfer von eigens dafür ausgebildeten Fachkräften, zum Teil auch von Ärzten, die selber Opfer der Folter gewesen waren, mit einigem Erfolg behandelt werden. Hier aber verzettelten sich die Energien. Zuviele Leute waren mit Jascha beschäftigt und waren es doch nicht. Es gab keine Zusammenarbeit und kein Vorwissen, jeder dokterte an ihm herum, niemand brachte die Voraussetzungen oder die Kompetenz mit, um Jascha jene Behandlung angedeihen zu lassen, die ihm vielleicht geholfen hätte.

Dr. Berner sprach immer häufiger von Wahnvorstellungen, und Fräulein Spiri tendierte zu der Meinung, Jascha habe etwas von einem Pascha, dem gar nicht geholfen werden könne, weil er nicht gewillt sei, weil er sich von seinen Helfern völlig abhängig machen, sie ganz an sich binden wolle. – Im Grunde aber brauchte Jascha keine Medikamente, sondern eine Stütze, vielleicht eine leichte Beschäftigung, damit er sein Selbstwertgefühl wieder zurückgewinnen konnte. Mit seiner Behinderung und den Kopfschmerzen wäre er sicher fertig geworden, aber wie konnte er sein Vertrauen wieder finden und an wem sich aufrichten? – Niemand, am wenigsten jene, die es von Berufes wegen etwas angegangen wäre, schien zu wissen, wie das geschehen sollte. Für uns Aussenstehende stand nur fest, dass die geschlossene Abteilung mit ihren Geisteskranken und Suizidpatienten nicht der geeignete Ort dafür war.

Wieder begann Jascha davon zu sprechen, dass man ihn nicht eigentlich kurieren, sondern umbringen wolle. Bei den nächsten Besuchen redete er nur noch darüber. Und zwar fürchtete er sich längst nicht mehr ausschliesslich vor den «Grauen Wölfen», sondern er verdächtigte auch die Ärzte und sogar seine Mitpatienten. Er ass nicht mehr regelmässig und verweigerte sporadisch alle Medikamente, am Ende versagten jegliche Ratschläge; sie hatten sich ohnehin angefangen zu wiederholen: Du musst regelmässig essen, und nimm doch die Medikamente, tu doch, was man dir sagt, wenigstens für eine Weile, damit du bald rauskommst! – Er reagierte nicht darauf, seine Augen waren weit aufgerissen und von einer schlickrigen Schicht überzogen.

Dafür begann er mit einer ziemlich verworrenen Geschichte über einen Onkel in Istanbul, der ihm angeblich telephoniert hatte. Er war nun bald drei Monate in der geschlossenen Abteilung und baute plötzlich ganz auf diesen entfernten Verwandten, der ihn besuchen und aus der Klinik herausholen sollte. Im Korridor auf und ab gehend, erzählte er von nichts anderem, und jedesmal sah der Besuch seines Onkels wieder anders aus. Der Onkel würde ihm Geld bringen, mit dem er, Jascha, dann nach Deutschland reisen könne, wo er Freunde und Bekannte habe. Der Onkel müsse das Geld in Fremdwährung aus der Türkei schmuggeln. Mit dem Geld des Onkels könne er zu einem Privatarzt, der alles verstehe. Jascha verstieg sich immer mehr in diese Geschichte. Alle Versuche, ihm diesen Onkel auszureden, waren erfolglos.

Dann erfuhren wir von Fräulein Spiri, dass Jascha politisches Asyl bekommen habe. Endlich. Das war immerhin etwas. Das konnte die Wende bedeuten. Sofort beschlossen wir, es ihm in der Klinik persönlich mitzuteilen. An einem regnerischen Januartag fuhren wir hin, fast alle, die mit ihm den Kurs gemacht hatten, wollten dabeisein, wenn wir ihm die gute Nachricht überbrachten. Doch Jascha war nicht mehr in der Klinik. Er hätte, sagte Dr. Berner, ins Spital eingeliefert werden müssen. Ein Selbstmordversuch. Er habe über eine Zeit hinweg alle Medikamente aufgespart und sie dann alle geschluckt. Doch, so beruhigte der Arzt uns schnell, habe er sich nie ernstlich in Lebensgefahr befunden. Er könne das Spital nach einer gewissen Beobachtungsfrist wieder verlassen. Allerdings sei vorderhand noch nicht entschieden, was nachher mit ihm geschehe, ob er in die Klinik zurückverbracht werde, oder ob man einen anderen Versuch mit ihm starten wolle. Besuchen könnten wir ihn erst wieder zu einem späteren Zeitpunkt, im Moment sei es nicht ratsam und ganz bestimmt nicht in seinem Interesse.

Welchen Zeitpunkt Dr. Berner sich auch immer vorgestellt haben mochte, wir kamen nicht mehr dazu, Jascha zu besuchen. Nach ein paar Wochen galt er für verschwunden. Auf alle Anfragen hin, wann und wo wir uns nach ihm erkundigten, beim Fürsorgeamt oder beim Sozialdienst, im Spital oder in der Klinik, die Antwort war stets die gleiche: Jascha war seit seinem Spitalaufenthalt weg, unauffindbar, verschollen. Ursprünglich hatte man vorgehabt, ihn in einer offenen Wohngruppe der psychiatrischen Klinik unterzubringen, doch war er dort nie erschienen. Die jungen Leute, mit denen er zusammen hätte wohnen sollen, wussten nicht einmal, wer dieser Jascha war, wie er aussah. Auch nach mehre-

ren Wochen blieben jegliche Erkundigungen erfolglos. Jascha war nicht wieder aufgetaucht.

Ob er sich letztlich doch nach Deutschland abgesetzt hatte? Ohne Reisepass? Ohne Geld? Oder ob er
den «Grauen Wölfen» in die Hände gefallen war? –
Uns blieben nur Vermutungen. Und etwas grenzen-
los Leeres, ein Gefühl des Unvermögens. Man kann
Jaschas Schicksal zu Ende denken, wie man will,
man kann zur eigenen Beruhigung annehmen, er sei
woanders besser aufgehoben, oder nüchtern feststel-
len, er habe seinen Leiden selbst ein Ende gesetzt; sicher ist, dass Jascha die letzte ihm übriggebliebene
Konsequenz daraus gezogen hat, wie er sich in seinem Asylland gefühlt haben muss: Hilflos.
(1983)

Fremde Liebe

Familienvater verhaftet. Wie die Seepolizei mitteilt, wurde am Freitagabend im unteren Seebecken ein fünfundvierzigjähriger Mann festgenommen. Dabei konnte eine entwendete Motorjacht, mit der der Verhaftete in Begleitung seiner Geliebten Spritztouren unternahm, sichergestellt werden. Der Mann wurde der wiederholten Entwendung von fremdem Eigentum, sowie des Einbruchs beschuldigt und zur Einvernahme an die Bezirksanwaltschaft übergeben.

Falk liess die Zeitung sinken, ein schäbiger Geruch wehte ihm vom Papier entgegen. Die kleine Notiz stand unter polizeilichen Mitteilungen, eingeklemmt zwischen den Meldungen von einer Messerstecherei und einem Verkehrsunfall, der von einem Betrunkenen verursacht worden war. Es stimmte zwar alles, was darin stand, abzustreiten gab es sicher nichts, aber in der trockenen Sprache des Amtsblattes hörte sich die Sache falsch und billig an, wie eine Liebesaffaire in einem Groschenroman, und als Deutschlehrer reagierte er empfindlich auf so was.

Die Zeitung entglitt seinen Händen und fiel auf den Boden der kleinen Zelle. Er bückte sich und raffte das bedruckte Papier zusammen, stopfte es unter die Pritsche, weg damit, dachte er, der Wisch kann mir gestohlen bleiben! Ungelenkig legte er sich auf die harte Liegestatt, verschränkte die Arme hinter dem Kopf und starrte ins Leere, dabei verschwamm die Krakelei an den Zellwänden, die obszönen Zeichnungen und oft verzweifelten Inschriften, zu einem hieroglyphischen Bild, woraus immer deutlicher ihre Züge, die lustigen Fältchen um ihre Augen, die feinen Linien in ihren Lippen und allmählich das ganze Gesicht hervortraten, bis er ihre Gegenwart deutlich spürte und das Eingesperrtsein als immer unerträglicher empfand. Es nützte auch nichts, dass er sich in Erinnerung rief, was er ihr und sich selber eingebrockt hatte, im Gegenteil, es steigerte sein Verlangen nach ihr nur noch.

Er drehte sich auf die Seite und stemmte sich von der Pritsche hoch, stützte die Handflächen gegen die Wand, liess den Kopf zwischen den Armen hinunterhängen. – Wo war sie jetzt? Hatte sie ihrem Mann, dem guten, eifersüchtigen Joseph, alles erzählt? War sie in Tränen ausgebrochen? Kaum, kaum. – Falk lachte höhnisch auf: Wie sehr es ihm doch daran lag, sie nur so zu sehen, wie er sich's wünschte, mit ihrem schalkhaften Lachen, dem Augenzwinkern, der leicht gedehnten, ungarisch gefärbten Sprechweise und den kapriziös eingestreuten Brocken Mundart. Dabei wusste er praktisch nichts über ihre persönlichen Verhältnisse. – Idiot! Er presste die Zähne zusammen, liess sich wieder auf die Pritsche zurückfallen, du hoffnungslos verblödeter Idiot! Aber er sagte es nicht aus überzeugter Reue, sondern aus purem Spott über seine bewusst-gewollte Verblendung, die er auch jetzt noch, eingesperrt in der Zelle, wacker aufrechterhielt. Er fragte sich, wie lange er wohl in Untersuchungshaft bleiben müsse, fragte sich, ohne über die erheblichen Konsequenzen seines Vergehens nachzudenken, sondern nur, um sich auf einen bestimmten Zeitpunkt, wo er sie wiedersehen würde, fixieren zu können. Und er gab beinah einer plötzlichen Regung nach, ihren Namen in die Mauer einzuritzen.

Er stand wieder auf und erreichte mit zwei kurzen Schritten die Tür mit dem vergitterten Guckfenster. Prüfend ergriff er die dünnen Stäbe und wiegte sich langsam hin und her, von den Fussballen auf die Fersen und wieder zurück. Seine Füsse hatten einigen Spielraum, da man ihm die Schnürsenkel von den Schuhen entfernt hatte. Was hatten die sich bloss dabei gedacht? Etwa, dass er sich umbringe? Lächerlich! Wie billig das war, die Zeitungsnotiz, die Schuhe ohne Schnürsenkel, er selber, eingelocht! Aber das Merkwürdige blieb, dass er kein Gran Reue verspürte, sondern störrisch an allem, was ihn irgendwie an sie erinnerte, festhielt, so sehr daran festhielt, dass er alle Anklagepunkte, die man gegen ihn vorbringen mochte, mit der grössten Bereitwilligkeit sofort bestätigt und unterschrieben hätte. Leichter konnte man es den Richtern nicht machen.

Das Wippen auf den Fussohlen brachte die erhoffte Wirkung, er beruhigte sich einigermassen und begann, um die Sache spannender zu machen, den Griff um die Gitterstäbe immer mehr zu lockern, sicherte sich das Gleichgewicht jeweils erst im Nachfassen. Eine Weile bewegte er sich auf diese Weise hin und her, jeden kurzen Augenblick geniessend, in dem er in der Schwebe war. Darauf setzte er sich wieder auf die Pritsche, stützte die Hände nach innen gedreht auf die Knie, starrte vor sich hin.

Es schien ihm unnötig und unverhältnismässig dumm, dass er in einer Zelle in Untersuchungshaft sass. Bis zu jenem Zeitpunkt, da sie von der Seepolizei entdeckt und aufgegriffen worden waren, hatte er nie ernsthaft an die Möglichkeit eines Vergehens gedacht, er hatte die Bootsentwendungen jeweils nicht vorausgeplant, meist hatte es sich ergeben, spontan, aus dem Gefühl der Lustigkeit und des Übermuts heraus, und zuschaden war niemand gekommen, immer hatten die Boote hernach vertäut an ihren Anlegeplätzen gelegen. Die Sache lohnte sich kaum, bis an die Öffentlichkeit zu dringen. Sie ging wirklich nur sie beide, ihn und Györgyi, etwas an. Jetzt, da die nächtliche Geschichte ans Licht gekommen war, sah alles seltsam verdreht und übertrieben gesetzwidrig aus; hatte der Staat in der intimen Sphäre des Bürgers überhaupt etwas zu suchen? – Am Ende war die Einmischung in seine Angelegenheit und die Gefährdung seiner Beziehung mit Györgyi noch schwerwiegender als der kleine Gesetzesübertritt!

Wenn er nur an ihren Namen dachte, wenn er ihn

sich vorsagte und litaneienhaft wiederholte, bis sich alles um ihn zu drehen begann, in immer kleineren Kreisen, sich alles nur noch um ihren Namen drehte...

Er wollte es nicht wahrhaben, dass er hier festsass, während seine eben aufblühende Beziehung mit einer herrlichen Frau blossgestellt, im Keim erstickt und zu einem «unter sträflichem Leichtsinn begangenen Liebesabenteuer» gestempelt wurde. Etwas in ihm sträubte sich ebenso heftig gegen eine solche Entweihung, wie er sich zu Beginn gegen den Reiz, der von Györgyi ausgegangen war, gesträubt hatte, indem er sich hinter seiner Funktion als Deutschlehrer verschanzte.

Wie? Gegen sie gesträubt? Wie war das möglich gewesen? Es war erschreckend, daran zu denken, dass er beinahe an seinem Prinzip festgehalten hatte, während des Semesters keine neuen Kursteilnehmer zu den Abendklassen mehr zuzulassen, und also die junge Ungarin, die eines Abends im späteren Frühling in Begleitung ihres Mannes lächelnd ins Klassenzimmer getreten war, nie kennengelernt hätte. Sie spreche kein Wort Deutsch, sei eben aus Ungarn angekommen und brauche dringend Sprachunterricht, hatte ihr Mann, selber auch gebürtiger Ungar, der aber das Deutsche recht gut beherrschte, erklärt. Falk hatte eben zu seiner gewohnten Antwort ansetzen, ihm entschuldigend klar machen wollen, dass Neueintritte während des Semesters nicht möglich seien; aber das Lächeln...! Es sprühte der jungen

Frau förmlich aus den Augen und hatte ihn solchermassen aus dem Konzept gebracht, dass er sogleich versprochen hatte, die Sache an die Hand zu nehmen. Die junge Ungarin hatte sich danach, als ob sie nichts anderes erwartet hätte, an ein Pult gesetzt, ihr Mann hatte sich mit verbindlichem Dank und einem vertrauensvollen Nicken wieder entfernt.

Falk verweilte noch etwas länger bei dieser ersten Begegnung, genoss den Augenblick gewissermassen im nachhinein. War ihm an der jungen Frau nichts aufgefallen, ausser ihrem Lächeln, das aufleuchtete, wann immer er sie aufgerufen und sie ihn nicht gleich verstanden hatte? Hatte er sich nicht zumindest von ihrer feinen, leicht heiseren Stimme, von ihrem ungarisch gefärbten Akzent angesprochen gefühlt? – Nein. Er hatte es anschliessend noch bereut, sich zusätzlich Umtriebe aufgehalst zu haben, weil er besonderen Wert darauf legte, den ohnehin schon beträchtlichen Papierkram auf einem Minimum zu halten. Aber ein kleines Detail fiel ihm dennoch ein: Er hatte sie nicht sofort eingeschrieben, sondern eine Weile einfach mitsitzen lassen, um zu sehen, wie sie «zurechtkomme». Das war allerdings aussergewöhnlich, da er es mit dem Klassenbestand sonst immer sehr genau nahm, wenn auch nur, um sich unnötige Probleme mit der Schulkommission zu ersparen. Anscheinend war die neue Schülerin gut zurechtgekommen, denn noch vor den Sommerferien hatte er sie angemeldet, und danach war die junge Ungarin zu jeder Stunde erschienen.

Sonst wollte ihm nichts Besonderes aufgefallen sein, es schien, als hätte er sich ihr gegenüber tatsächlich immun gestellt. In all den Jahren, bei den vielen Klassen, dem häufigen Schülerwechsel hatte er den allzu persönlichen Kontakt mit den Kursteilnehmern immer mehr zu meiden begonnen und sich dafür mehr auf einen schülerbezogenen Unterrichtsbetrieb konzentriert. Das hatte er geglaubt, in seiner Funktion tun zu müssen, das hatte sich so ergeben, als Lehrer konnte man nicht an den Schicksalen und Nöten jedes einzelnen Schülers Anteil nehmen.

Funktion! Funktion! Falk sprang von der Pritsche auf. Mit Györgyis Eintritt in die Klasse hatten sich die Grenzen zwischen Lehrer und Schüler unmerklich zu verschieben begonnen, das war klar! Er lehnte sich mit dem Rücken gegen die kühle Wand und schob den Kopf in den Nacken, schaute zur Decke empor. Er versuchte, sich den Deutschlehrer Hannes Falk vorzustellen, der zweimal in der Woche selbstvergessen und scheinbar so ahnungslos den Weg zu seinen Abendkursen unter die Füsse genommen hatte, der Himmel hellblau, mit leichten Schäfchenwolken gesprenkelt. Die Vorstellung irritierte und belustigte ihn zugleich: Unglaublich! Da geht er, pflichttreu durch das frühsommerlich grün daliegende Quartier, ein Lernspiel ausheckend oder über die aparte Präsentation eines besonders heiklen Abschnittes deutscher Grammatik nachdenkend, ohne sich bewusst zu sein, was für eine ungemein liebreizende Frau er in seiner Klasse sitzen hat. Falk lachte auf, du armer Tropf! – Mit der braunen Ledermappe in der Hand, unentwegt durch die alleeähnliche Strasse hinab zum Kunsthausplatz; an der Ecke betritt er das Restaurant und giesst am Tresen eine Tasse Kaffee hinunter, ein flüchtiger Blick in den Spiegel über sich, dann geht er ins Freie, bleibt einige Minuten an der Ecke stehen und beobachtet abwesend die Polizistin, die auf der vom Motorenlärm umbrandeten Kreuzung den Verkehr regelt, nimmt den Wandspruch SPRAY DICH FREI an der Fassade des Kunsthauses kaum wahr, gibt sich einen Ruck, überquert den Fussgängerstreifen und schreitet, den Verkehrslärm in der schachtähnlichen Strasse unter sich lassend, zur Hohen Promenade hinauf.

All das wollte ihm jetzt als ein Ritardando erscheinen, ein eigentliches Verzögerungsritual!, mit dem er sich unbewusst oder bewusst etwas vorenthalten hatte. Oder auch als ein Sichverlieren im täglichen Kleinkram. Wenn er es sich richtig überlegte, hatten all diese Kleinigkeiten, das Kaffeetrinken, Geldhervorklauben, umständliche Zigarettenanzünden, Blicke-um-sich-Werfen, eine beruhigende, sedative Wirkung gehabt im alltäglichen Gehaste, so dass ihm der Liebreiz dieser Frau beinah entgangen wäre.

Als Györgyi ihn das erste Mal geküsst hatte, war ihm gewesen, als hätte jemand einen Prügel zwischen die Beine seines täglichen Trotts geworfen. Aber er war nicht gestolpert oder vor dem eigenen Wagemut zurückgeschreckt, er hatte sie um die Taille gefasst und sie auf Hals und Nacken, auf den Mund geküsst, er hatte mit ihr des nachts am verlassenen Seequai einen Czardas getanzt und war, taumelnd und sie mit sich ziehend, auf ein Mäuerchen niedergesunken.

Falk schob sich schwerfällig von der Wand weg, rieb sich die feucht gewordenen Handflächen und legte sich vornüber auf die Pritsche. – Wo war sie jetzt? Was machte sie? Hatte sie ihrem Mann, dem armen, eifersüchtigen Joseph alles erzählt?

Er wollte nichts Besonderes an ihr bemerkt haben, und doch fielen ihm eine Menge kleiner Dinge ein, die er unmöglich hatte übersehen können, so beim Hefte-Korrigieren: Da lag in Györgyis Heft wie zufällig zwischen den säuberlich mit Grammatikübungen beschriebenen Seiten ein Lesezeichen, besser gesagt ein koloriertes Bildchen von einem Pinup-Girl, in der Art wie sie auf Kalenderzetteln zu sehen sind, sicher ein nur zufällig gewähltes Lesezeichen und eigentlich ein lächerliches Detail, aber es war ihm jedesmal, wenn er ihr Heft aufgeschlagen hatte, in die Finger geraten. Und noch eine winzige Einzelheit: Ihr Name. Gleich von Anfang an war er, jedesmal wenn er sie aufgerufen hatte, bei der Aussprache ihres Namens verunsichert stecken geblieben, hatte ihn sich geduldig vorsagen lassen und darauf bestanden, dass sie ihn korrigiere, bis er das «Gy» nicht mehr als deutsches «J« aussprach, sondern als weichen, leicht explosiven Hintergaumenlaut. Das war geradezu zur Gewohnheit geworden, und er hatte sich so weit bringen lassen, dass er, wann immer er sie aufrief, zuerst ihr kurzes, ermunterndes Nicken erwartete, bevor er ihr seine Frage leicht zuspielte. – Györgyi! Er würde die kleine Bereicherung um einen Laut nicht mehr missen wollen. – War den andern Schülern dieser kleine Sprechflirt aufgefallen? Na, wenn schon . . . Es hatte höchstens harmlose Heiterkeit aufkommen lassen und zudem, das wurde ihm auch erst jetzt bewusst, hatte es geholfen, die ohnehin steifen Umgangsformen etwas aufzulockern; bald hatte man sich in der Klasse nicht mehr mit dem Vornamen gesiezt – ein ohnehin biederer Kompromiss –, sondern war umstandslos und eigentlich zum ersten Mal, seit er diesen Beruf ausübte, ins Duzen gekommen.

Was hast du bloss mit mir gemacht?, hatte er sie am Seequai gefragt, und sie gab die Frage zurück, was hast du mit mir gemacht?, und beinahe hätte er seine braune Ledermappe, das Miststück!, übers Geländer in den See geworfen. Einmal hatte er es wirklich getan, und es hatte längere Zeit gedauert, bis er die plötzlich als unnötigen Ballast empfundene Mappe wieder herausgefischt hatte, mit einer Rettungsstange.

Kleinigkeiten, Kleinigkeiten. Seine Beziehung mit Györgyi schien aus einem feinmaschigen Netz sonderbarer Kleinigkeiten zu bestehen. Falk schlug mehrmals mit beiden Fäusten auf die Bettunterlage: Und jetzt? – Eingesperrt. Wegen einer Kleinigkeit! Sie hatten die Boote ja nicht gestohlen, nicht einmal beschädigt hatten sie die ohnehin wochenlang unbenützt daliegenden Kähne, niemand hätte die «Schwalbe» oder die «Möwe» je vermisst . . .

Mühsam richtete sich Falk auf und begann seine Taschen nach einem spitzen Gegenstand zu durchsuchen. Hatte man ihm denn gar nichts Brauchbares gelassen? Einfach zum Lachen! Meinten die, ihn so zur Reue zu zwingen? Meinten die, dass er die Schande nicht auf sich nehmen wollte, die Schmach nicht ertragen würde? Dabei hatte er banalerweise nichts anderes im Sinn, als «Schwalbe und Möwe» in die Karzerwände einzuritzen. Er kramte weiter in den Taschen seines braunen und bereits zerknittert aussehenden Anzugs herum und brachte schliesslich einen Schlüssel zum Vorschein, mit dem er an einer freien Stelle zwischen den wild-wüst wuchernden Graffiti ein «S» in die Mauer zu kratzen begann. Aber der Buchstabe missriet, er wurde zu eckig und zu dünn, Falk gab es auf, das war keine reinliche Wandtafel, auf die sich mit Kreide so leicht schreiben und notfalls auch zeichnen liess.

Wieder sah er den wackeren Sprachdrechsler Hannes Falk in seinem Klassenzimmer stehen, das man in einer Anfängerstunde einmal folgendermassen beschrieben hatte: Wie ist unser Schulzimmer? Es ist gross und hell. Unten ist der Boden. Er ist grau. Die Decke ist oben. Sie ist weiss. Auch die Neonlampen sind oben. Die Wandtafel ist vorn und die Fenster sind links. Hinter den Fenstern ist der Garten und die Stadt. Die Tür ist hinten rechts. In der Mitte stehen die Tische und Stühle für die Schüler. Es hat keine Bilder im Zimmer und keine Pflanzen. – Die Einfältigkeit dieser Sätze passte zu seiner damaligen Ahnungslosigkeit.

Györgyi hatte ganz zuhinterst neben einer Freundin, auch einer Ungarin, gesessen, sie hatte ihm später erzählt, dass sie sich stets ein wenig über ihn lustig gemacht hätten. Sie habe den Eindruck gehabt, dass er seine Sache, den Sprachunterricht, so sehr ernst nehme und ihm die deutsche Sprache etwas Wichtiges sei, und doch, hatte Györgyi gelacht, habe er bei all seiner Ernsthaftigkeit manchmal etwas kurios ausgesehen, wie... sie hatte das Wort nicht gefunden und es auf ungarisch gesagt und hernach erklärend beigefügt: Wie ein junger Hund. Sie hatte die Bewegung mit beiden Händen vorgemacht, so dass es recht täppisch aussah. Natürlich hatte er sie nicht verstanden, hatte sie nicht verstehen wollen und sich gegen diese Vorstellung gesträubt, genauso gesträubt wie an jenem Julitag, als er die junge Frau, seine Schülerin, im Strandbad von weitem erblickt hatte. Es war in den Sommerferien gewesen. Er hatte sich aufs Rad gesetzt und war zum See hinuntergefahren, wohl wissend, denn sie hatte es in der Klasse mehrmals erwähnt gehabt, dass sie in dieses Strandbad ginge. Aber wie er sie sah, unweit von seinem Platz hart am Seeufer zwischen zwei Pappeln an der Sonne, ohne Bikini-Oberteil, hatte er es nicht gewagt, zu ihr hinzugehen und sie anzusprechen. Statt dessen hatte er sein Badetuch wieder zusammengerollt und es vorgezogen, an einen andern Platz zu übersiedeln. – Wie kurios!, dachte Falk, er spürte auf einmal ein beinah übermächtiges Verlangen nach ihr, sah sie wie im Sommer auf ihrem grün-weiss gestreiften Badetuch liegen, zwischen den vielen anderen Körpern, aber anders, nicht so üppig sich zur Schau stellend, sondern irgendwie wohlig für sich, zur Seite gedreht und den Kopf auf den vorgestreckten Arm gelegt. Wie kurios und pflichtverschämt er sich benommen hatte! Er begriff nun auch Györgyis verständnislosen und leicht amüsierten Blick, als er mit ihr an einem freien Nachmittag im Herbst das verlassene Strandbad aufgesucht und ihr davon erzählt hatte.

Das Strandbad im Herbst! Sie waren eng aneinandergeschmiegt auf dem Brettersteg am Wasser gestanden, draussen auf dem Floss Möwen, auf der dunklen Wasserfläche gelbe Erlenblätter, dem Ufer entlang die schon fast kahlen Pappeln und Weiden. An den Sträuchern keine zum Trocknen aufgehängten Badetücher mehr und auf der Spielwiese keine Bälle und Frisbees, nur das Laub am Boden raschelte, und einige Spatzen hüpften auf der verödeten Rasenfläche herum, die Stranduhr uhrzeitlos. – Dort, hatte Györgyi gesagt, habe sie jeweils gelegen, und manchmal habe sie auch gehofft, dass sie sich begegneten. Sie hatte die Arme in die Höhe gestreckt, als räkelte sie sich in der Sonne, aber die Sonne war hinter einer dichten Hochnebelschicht verborgen, alles war still gewesen, nur das einmalige Tuten des kleinen Kursschiffes tönte über das Wasser zu ihnen herüber. – Warum bist du nicht gekommen, hast du etwa Angst gehabt? – Nein, sagte er zögernd, es ist nicht

Angst gewesen, mehr ... Hemmungen. Sie hatte das Wort nicht verstanden, ob das dasselbe sei wie Angst? – Ja, vielleicht ... Er hatte nicht mehr als ihr Deutschlehrer gelten und dauernd Erklärungen abgeben wollen. Sie waren über den Rasen in die Richtung der Umkleidekabinen geschlendert. An den roten Trennwänden mit dem handbreiten Abstand zum Boden waren Sprays angebracht, krakelige Buchstaben, die wie auf Stelzen über die Ränder wegliefen. Er hatte sich durch die Sperre gezwängt und laut gerufen, Berufsethos, ja, vielleicht ist es das gewesen! – Mit einer schnellen Bewegung hatte er Györgyi gepackt und zu sich in eine der Kabinen gezogen.

Falk presste sich beide Fäuste auf die Augenhöhlen. Sie war plötzlich wie zum Anfassen nahe bei ihm. Er dachte, wie im Klassenzimmer!, wollte alles nochmals erleben, mit jeder Faser seines Körpers. Er hätte noch mindestens ein halbes dutzend Mal mitverfolgen können, wie sich die institutionelle Figur Hannes Falk samt seinem Berufsethos und schülerbezogenen Deutschkursus langsam auflöste und auseinanderfiel, er hätte es ewig mitansehen können: Sein langsames Verstricktwerden ins fein gesponnene, verführerische Netz der jungen Ungarin. – Nem rontunk ajtostól a hásba, Falk murmelte die Worte gleich einer magischen Formel vor sich hin, wie ein vor Trunkenheit Lallender: Nem rontunk ajtostól a hásba ... Man soll nicht gleich mit der Tür ins Haus fallen. So musste sie sich seine Hemmungen am Ende erklärt haben. Vielleicht hatte sie sich gedacht, es sei eine Taktik von ihm gewesen, sie bis in den Herbst hinein warten zu lassen, gewissermassen bis die Frucht reif sei.

Wenn er sich vorstellte, dass sie ihn hätte durchschauen können! Györgyi hatte ihn zusammen mit einigen andern aus ihrer Klasse zum Gulaschessen eingeladen. Zuerst hatte er abgesagt, leider ginge es ihm an diesem Abend nicht, und dann, nachdem sie den Anlass kurzerhand verschoben hatte, war er nur widerstrebend hingegangen. Er hatte sich fast den ganzen Abend nur mit ihrem Mann, mit Joseph, weiss Gott worüber unterhalten, und später, nach einigen Gläschen Tokaier, hatte er sich mit einer sechzehnjährigen Gymnasiastin in den Kenntnissen der deutschen Sprache gemessen, richtig gewetteifert hatte er mit ihr, er, der Ältere! – Sie sind gewiss kein Sportler, hatte das vorwitzige, altkluge Mädchen gesagt, und er hatte es, leicht verwundert, verneint, wie sie darauf komme. Nun, Sie sind leptozephal! Sie hatte es laut und bestimmt gesagt und hinzugefügt, drei Menschentypen gebe es, das hätten sie im Zeichenunterricht gelernt, also Athleten, Rotunde und Leptozephale; der leptozephale Menschentyp sei intellektuell veranlagt. Nach dieser Einleitung waren sie wie zwei Messer, die sich aneinander wetzten, auf bestimmte Probleme der deutschen Grammatik zu sprechen gekommen ... Der leptozephale Deutschlehrer Falk! Den ganzen Abend hatte er nicht mehr als drei Worte mit Györgyi gewechselt, er hatte sie in

Anwesenheit ihres Mannes mit der grössten Ängstlichkeit aus seinem Bewusstsein verdrängt, war einem direkten Kontakt mit ihr betont ausgewichen. Hatte er sie zum Abschied auf die Wange geküsst? Nein, auf die Hand, auf die Hand hatte der leptozephale Deutschlehrer sie geküsst! Falk lachte schallend auf, aber in diesen kahlen Mauern klang sein Lachen unecht und gestresst; scheppernd prallte es von den Wänden ab und verkrümelte sich in eine Ecke.

Wie gern hätte er Györgyi jetzt in die kleine Halsgrube geküsst und von da bis hinters Ohrläppchen, wobei sie ihren Kopf hin und her geworfen und sich ihm immer wieder entzogen und neu hingegeben hätte, ihn mehr und mehr ins Dickicht ihrer Haare lockend und immer ungebärdiger nach einem Zipfel ihres Ohres schnappen lassend. Wenn er jetzt nur die Gewissheit gehabt hätte oder sich diese von irgendeiner Instanz hätte verschaffen können, dass der schmalschädelige, pflichtverschämte Deutschlehrer Falk ein ganz anderer als er sei, dass dieser Mann ein für allemal der Vergangenheit angehörte! – Wo war sie jetzt? Was machte sie, nun, wo sie wusste, dass er hier eingesperrt sass?

Falk hockte zusammengesunken auf der Pritsche und brütete über das ihm Entfallene. War er wirklich so ganz naiv gewesen, so völlig unempfänglich für ihren Liebreiz? – Nein, natürlich nicht. Erst vor kurzem hatte er im Foyer des Kleintheaters, wohin er mit seiner Klasse «zwecks primärer Spracheindrücke» gegangen war, die Eintrittskarten so verteilt, dass er den Platz neben Györgyi bekommen würde. Zwar hatte er es ganz unauffällig gemacht, hatte zuerst eine kleine Verwechslung vorgetäuscht und einem Schüler zwei Karten ausgehändigt, so dass für einen Moment etwas Verwirrung entstanden war, und er zuletzt selber an die Zufälligkeit der Sitzverteilung glaubte. Schieber, elender! Doch ihr Blick, den sie ihm zugeworfen hatte, als sie schliesslich nebeneinander auf ihren Plätzen sassen, dieses verstohlene, schalkhafte Augenzwinkern hatte keinen Zweifel offen gelassen, dieser Blick hatte ihn überführt! – Wie auf Nadeln hatte er neben ihr dagesessen und sich kaum auf das Stück konzentrieren können. Bei mindestens zwei Gelegenheiten hatte sie sich, um Erklärung eines Ausdrucks oder einer Redewendung bittend, zu ihm hinübergeneigt, wobei ihr Haar seine Wange gestreift und er folglich ihre geflüsterte Frage mehr schlecht als recht, jedenfalls in höchster Verwirrung beantwortet hatte: Von einem Frack sei die Rede und vom Lumpenball, von Lumpen im Frack. Als sie nach der Vorstellung ins Freie, in den feinen, warmen Septemberregen hinausgetreten waren, hätte er nicht einmal zu sagen vermocht, wie das Stück geheissen, geschweige denn, worum es sich gedreht habe – irgendeine Verwechslungsgeschichte von Kästner, aber das war jetzt unwichtig. Sie hatten eine Weinstube aufgesucht, das Lustspiel hatte auf alle seine Nachwirkung gehabt, auf alle ausser auf

Györgyi. Sie hatte sich über Kopfschmerzen beklagt, immer habe sie Kopfschmerzen, seit sie in dieser Stadt lebe! – Vielleicht, hatte er vage erwidert, sei es wegen des Föhns, aber sie hatte abgewinkt, es sei was ganz anderes, ein anderes Problem; Heimweh, gewöhnliches Heimweh habe sie!

Falk richtete sich auf. Diesen Tenor hatte er gut kennengelernt bei ihr. Nach der Theatervorstellung, beim Wein, hatte sie ihm gegenüber dieses Heimweh zum ersten Mal erwähnt. Beim Wein hatte er ihr erstmals richtig zugehört und war auf den gedehnten, leicht näselnden Tonfall ihrer feinen Stimme aufmerksam geworden, hatte ihren dunkelgrünen Blick und das Wetterleuchten ihres Lächelns, das sie trotz der Kopfschmerzen ab und zu aufblitzen liess, auf sich einwirken lassen. Sie hatte von ihrem Leben in Ungarn erzählt, von Budapest mit seinen sieben Brücken und von ihrem Heimatort, der zwischen der grossen und der kleinen Donau, auf einer Insel, lag. Während sie von Budapest erzählte, das er sich bis anhin als eine trübe, versunkene Kulturmetropole vorgestellt hatte, war er plötzlich gewahr geworden, dass da eine junge Frau aus einem Ostblockstaat neben ihm sass, die gar nicht vom alles verheissenden Westen geträumt hatte, sondern die lieber in ihrer Heimatstadt geblieben wäre. Es sei für sie unvorstellbar, hatte sie gesagt, dass sie nie mehr nach Hause zurückkönne. Dabei habe sie nie weggewollt. Ihr Mann habe sie dazu überredet, sie seien als Touristen mit zwei Koffern losgereist, in der Absicht wieder zurückzukehren. Nun sei ihr Visum abgelaufen, und ihr Mann habe Asyl verlangt.

Falk hatte geschwiegen, er hatte sich unter ihrer Situation nichts oder nur wenig vorzustellen vermocht, und auch später, wenn er sie jeweils getroffen und sie gerade einen Anruf von ihren Eltern erhalten hatte, ihre Augen oft noch Stunden danach gerötet waren, hatte er nicht die richtigen Worte gefunden; sie zu trösten hätte keinen Sinn gehabt, man habe, wie sie sagte, oft genug versucht, ihr das Heimweh auszureden. So hatte er ihr einfach zugehört, wenn sie von zu Hause erzählte, von Budapest, von ihrem Vater, dem Weinbauern, von ihrer Mutter, der Ratgeberin.

Ihn fröstelte. Es war kühl in der Zelle. Ein nervöses Zittern durchlief seinen Körper. Er musste aufstehen und die zwei, drei Schritte tun, die ihm der enge Raum erlaubte. Dabei schlug er sich mit den Armen um die Schultern. Plötzlich stand er still und stützte sich mit dem Kopf gegen die Wand. Die Arme behielt er vor der Brust gekreuzt.

Gezittert hatte er wie Espenlaub vor Erregung und vor Kühle, als er nach dem Theaterabend mit Györgyi das Seequai entlang spaziert war und sie sich bei ihm unverhofft eingehakt hatte. Über dem langgestreckten Hügelzug am andern Ufer hatte ein starker Föhnwind die schwarzen Haufenwolken zusammengefegt, die Pappeln standen wie Besen schräg in den Nachthimmel, im Bootshafen schlugen die Segelleinen mit vieltönendem, metallischem Geläute gegen die Masten, ein Streifenwagen mit abgeblendeten Scheinwerfern war langsam auf dem schmalen Weg an ihnen vorbeigefahren; sie hatte sich enger an ihn gedrückt.

Und was hatte er gemacht? – Statt die reizvolle Frau in die Arme zu nehmen, hatte er ihr Verlangen nach körperlicher Nähe väterlich geduldet und es dem Wein zugeschrieben, dass sie so zutraulich wurde, er hatte ihr gutmütig lachend den Arm um die Schultern gelegt und dabei den helfend beistehenden Begleiter gemimt. Als sie sich in seine Achselhöhle gekuschelt hatte, unter dem Vorwand, dass ihr kalt sei, hatte er sie gewähren lassen und war angenehm überrascht, aber immer noch den Helfer und Freund spielend, mit ihr nach Hause spaziert. Und so ähnlich war das auch die nächsten zwei Wochen gegangen, als er sie nach dem Kurs ein Stück weit den See entlang begleitet und mit ihr noch ein Café aufgesucht hatte. Heimlichtuer! Heuchler! – Er hatte insgeheim mit ihr kokettiert und geflirtet und sich auch sonst tölpelhaft benommen, hatte ihr im Unterricht verstohlen zugezwinkert und für sich das kleine Techtelmechtel tunlichst verharmlost. Hatte ihr niedliche Geschenke zugesteckt: Drei possierliche Porzellankätzchen jedes mit einem Verslein oder einem englischen Kinderreim, in Seidenpapier gewickelt. – Es schien ihm nun, als seien diese schulmeisterlichen Artigkeiten die letzten ziemlich unbedarften Versuche gewesen, sich ihrem Liebreiz zu entziehen, oder sich wenigstens auf Distanz zu hal-

ten. Welch eine Farce! Welch eine Komik! Und jetzt?
– Alles verpatzt. Falk mahlte mit dem Kiefer und
mauschelte etwas Unverständliches vor sich hin, die
Hände zu Fäusten geballt, so dass die Knöchel weiss
hervortraten.

Er konnte von Glück sagen, dass Györgyi ihn
nicht ausgelacht und ihm die ohnehin dünnwandige
Lehrermaske vom Gesicht gerissen hatte. Ja, warum
hatte sie das nicht getan? Recht hätte sie gehabt!
– Trotzdem: Demaskiert hatte sie ihn auch so, auf
ganz einfache und entwaffnende Weise. An einem
Abend. Mitten auf der Strasse.
Mit dem Herzen spielen darf man nicht, das ist ge-
fährlich!
Wie meinst du?
Das sagt man bei uns.
Aber ein bisschen Spielerei, das gehört doch dazu.
Wo hast du das Herz?
. . .
Wo hast du das Herz?

Ihre beinah kindlich-hartnäckig wiederholte Frage hatte ihn aus dem Konzept gebracht. Sie hatten an
einer nächtlich verlassenen Kreuzung gestanden, die
Verkehrsampeln hatten geblinkt, in ihrem orangen
Widerschein gleissten die Tramschienen. Drüben auf
der andern Seite der Strasse hatte ein junger Bursche
an einem Automaten herumgefummelt . . . – Und
dann war plötzlich er damit herausgerückt: Du, ich
möchte mal einen ganzen Tag . . . und die Nacht mit
dir verbringen!

Warum hatten sie sich nicht gleich irgendwo ein Zimmer gesucht? Wie hatte diese Bootsgeschichte dazwischen kommen können? – Immer wieder diese Bootsgeschichte! Falk stampfte auf den Boden. Wie unnötig! Wie aufdringlich! Sich in einem Boot zu verkriechen, das war das Kleinste, das Wenigste, das Naheliegendste gewesen, sie waren zum See hinunter spaziert und am Ufergeländer stehen geblieben, sie hatte ihn untergefasst: Du, wäre es nicht schön . . .?

Das erste Boot, zu dem er sich Zugang verschaffte, hatte «Tramontana» geheissen, eine Segeljacht mit niedriger, unter der Wasserlinie liegender Kajüte, welche als erste in der Reihe der andern Boote an der Hafenmole vertäut gewesen war. Nachdem er das Schnappschloss der Kajüte mit dem Sackmesser aufgekriegt hatte, war er über den Brettersteig zurückgegangen, um Györgyi über die kleine Schranke zu helfen. Zitternd vor Erregung und mit vom Wein erhitzten Köpfen waren sie an Bord gestiegen und hatten sich ins kühle dunkle Innere der Kajüte gedrängt.

Falk spürte einen Schmerz im Nacken und stiess sich von der Wand weg. Was hattest du mit der Tochter eines ungarischen Weinbauern, der Frau eines Asylbewerbers, nachts auf dem See, in fremden Nestern zu schaffen? Wie konntest du dich zu solchen Eskapaden verleiten lassen? – Er drehte sich mit einem Seufzer um und liess sich schwer auf die Pritsche niedersinken, er schaute, die Finger spreizend, auf seine verzärtelten Lehrerhände: Wie gewonnen, so zerronnen!

Nein! Nein! Er würde sie wiedersehen. Er würde sich ein Zimmer nehmen, irgendwo in der Altstadt, ein kleines, kajütenähnliches Kämmerchen, wie dasjenige der «Tramontana».

Sie hatten die «Tramontana» ebenso unbemerkt verlassen, wie sie an Bord gelangt waren. Er hatte Györgyi bis vor ihr Haus im Seequartier begleitet und war, der leeren Gewohnheit folgend, mit der Strassenbahn weggefahren. Als wäre nichts geschehen. Aber im unbesetzten Tramwagen, im hellen Licht kam er sich wie ausgestellt vor, in einem fahrbaren Schaufenster, fast geräuschlos wurde er auf den Schienen durchs nächtliche Quartier gezogen, von Györgyi weggezogen, er hoffte an jeder Haltestelle, dass jemand zusteigen würde, aber er blieb allein im schalen Innern des Wagens mit den baumelnden Handgriffen an der Decke.

Am nächsten Tag hatte er bei der gleichen Tramlinie auf Györgyi gewartet. Sie musste da auf ihrem Weg zur Arbeit vorbeikommen. Als er sie durchs Fenster im Wagen bemerkt hatte, war er eingestiegen, hatte sich ihr von hinten genähert und beinah überfallartig guten Tag gewünscht. Er hatte ihr keine Zeit gelassen, sich aus der Verdutztheit zu lösen, ich wollte mich nur vergewissern, dass es kein Traum gewesen war, hatte er gesagt und sie rasch auf die Lippen geküsst, er war, bevor sie etwas erwidern konnte, an der nächsten Haltestelle wieder ausgestiegen.

Und kein bisschen Reue, auch jetzt nicht, kein

bisschen, weder jetzt noch zuvor, nichts, einfach nichts.

Vornübergebeugt auf der Pritsche sitzend rieb sich Falk die Schläfen, eine Geste, die ihn sofort an Györgyi erinnerte. Auch sie rieb sich jeweils die Schläfen, wenn sie Kopfschmerzen und demnach Heimweh hatte, oder wenn sie plötzlich Zweifel hegte, Zweifel an sich und an ihrer Beziehung. Sie hatte zwar selten darüber gesprochen und wenn schon, dann stets als feststehende Tatsache – nur die Schläfen rieb sie sich und klagte dabei über Kopfschmerzen.

Für Erklärungen hatte ohnehin er sich zuständig gefühlt, obwohl er damit meistens nicht weit gekommen war und sich in Widersprüchlichkeiten verstrickt hatte. Mit grammatikalischer Logik hatte er ihr die Dinge auseinandergesetzt, ihre Beziehung sei wie die Sprache, zwar schwer fasslich aber deshalb noch lange nicht unerklärbar. Dabei hatte Györgyi gar keine Erklärungen gewollt, ihr brauchte man nichts klar- oder vorzumachen, so hatte er sich mehr und mehr verhaspelt und schliesslich nur noch mit Spötteleien zu helfen gewusst: Schau, dieser umgestülpte Regenschirm, das ist mein Berufsethos! – Sie hatten über dem Schanzengraben in einem Park gestanden, das Wasser unter ihnen schwarz glänzend, der Verkehrslärm ein stetes, dumpfes Tosen, der blasse Vollmond am orange-violetten Himmel eben im Aufgehen begriffen, und breit gefächerte Vogelzüge weit oben im Abendlicht, das Blätterwerk an den Bäumen tiefbraun. Ein Überschuss von dem, hatte er gerufen, was wir gemeinhin Liebe oder Lust am Leben nennen, kann nicht schaden in dieser merkantilen Stadt. Schau dich um! Alles dreht sich nur um Ware, alles muss irgendeinen Warencharakter und Nennwert haben, der monetäre Wert ist der Wert aller Werte, alles andere, das an sich Menschliche und Liebenswerte, ist bloss Verpackung. Selbst Liebe wird vermarktet: Bei aller Merkantilität immer noch schnell ein Schoggiherzli, ein Blüemli oder Dankesbrieflein, ein Kärtchen mit Geldnötli in Weihnachtspapier gewickelt! – Was ist denn mit dir passiert?, hatte Györgyi verwundert gefragt, seine Laune, diese Art von Auflehnung war für sie etwas völlig Ungewohntes, man kennt dich kaum mehr! Warum bist du so gereizt? Er hatte sie um die Hüfte gepackt und im Kreis geschwungen, ach, nichts, es ist gar nichts!

Was auch immer passiert war, Liebesaffaire, romantische Liaison, Seitensprung, wie immer man es nennen mochte, jedenfalls war es etwas Unwägbares! Falk schwang sich in zwei Anläufen auf die Beine: Etwas Unwägbares! Langsam begann er sich im Kreis zu drehen, indem er sich auf die Ferse des Standbeins verlagerte und mit dem andern das Gleichgewicht bewahrte und zugleich die Drehungen bewirkte, dabei murmelte er fortwährend einen Satz vor sich hin, den er sich von ihr auf ungarisch hatte übersetzen lassen: A lopott almak ize jobb, rhythmisch bei jeder Drehung, a lopott almak ize jobb ... gestohlene Äpfel schmecken besser, und immer schneller, a lopott almak ize jobb, bis er das Gleichgewicht verlor und, wie ein Besessener lachend, auf die Pritsche niederfiel. Schwer atmend setzte er sich nach einer Weile wieder aufrecht hin.

Er versuchte sich ihr Gesicht in jeder Einzelheit vorzustellen, beim Lachen, beim Scherzen, beim Küssen. Da! Er trifft sie irgendwo in der Seeanlage, oder unerwartet in der Stadt, gerade biegt sie um eine Hausecke, ihr ovales Gesicht leicht gerötet von der spätherbstlichen Frische, in den Haaren vielleicht ein welkes Blatt, die Brust frei unter dem weichen Pullover aus schwarzer Mohair-Wolle, da kann man darunter die von der Novemberkälte klammen Hände so herrlich spazieren lassen, während sie ihm die ihren schnell in die Manteltasche steckt und dabei ihren Kopf mit einer einzigen Geste in den Nacken wirft, halb lachend, sich ihm entziehend, halb verlangend und ihn zum Spielen auffordernd.

Wie sie es liebt zu spielen! Er kennt nur allzu gut ihren ausgesprochenen Sinn für das Kleine, Triviale, Verspielte. Sie sind auf einer erhöhten Promenade über den Dächern der Stadt, er versucht sie zu fangen, erwischt sie und hebt sie auf seine Arme, auf seine sonst so schwachen Lehrerarme. Er lässt sich mit ihr auf einen der zusammengewischten Laubhaufen niederfallen, sie wühlen sich ganz ins trockene, herb riechende Laub hinein, bis man nichts mehr von ihnen sieht, und geben sich ganz dem sinnbetörenden Gefühl hin, eng beieinander im raschelnden Laubhaufen zu liegen, dessen frischer Duft sich mit dem Moschusgeruch ihres Parfums vermischt.

Ächzend wiegte sich Falk auf seiner Pritsche vor und zurück und murmelte im Takt jenes ihm auf erfrischende Weise fremde Wort, das sie immer flüsterte, wenn sie durch seine Liebkosungen erregt wurde: Izgotott... izgotott. Als er die Augen schloss, brannten winzige gelbe und rötliche Pünktchen hinter seinen Augenlidern. Wo war sie? Was machte sie? Vielleicht sass sie gerade unten auf einer Parkbank vor dem Bezirksgebäude.

Sie hatten sich dort einmal getroffen, an einem Freitagnachmittag. Györgyi hatte im Geschäft als Grund ihrer Abwesenheit eine Visite beim Augenarzt vorgegeben, ihre Augen, habe sie gesagt, schmerzten von der Arbeit am Bildschirm. Auch er hatte seine Privatstunden auf einen andern Tag verschoben – seitdem er mit Györgyi verkehrte, war die Arbeit für ihn ohnehin zweitrangig, ja beinah überflüssig geworden, wenn er einen Kurs geleitet hatte, war dies ganz mechanisch geschehen und wie an ihm vorbeigelaufen. Sie hatten sich unter den niedrigen, kurzgestutzten Kastanien getroffen, und Györgyi hatte ihm von einer neuen Bekanntschaft erzählt, von einem Ungarn, einem vielseitigen Mann mit einem vielseitigen Job – ein Allrounder und Computermensch! –, der ihr den Kopf vollgeschwatzt und Hoffnungen auf eine abwechslungsreiche Tätigkeit gemacht hatte, während er sich selber offenbar grosszügig mit ins Angebot einbezog. Auch mit allerlei Lesestoff hatte er sie versorgt, «Einführung in die Datenverarbeitung», «Arbeiten mit BASIC Programmen» und dergleichen mehr. Sie hatte ein Buch mit dabei und fragte ihn, ob er ihr einige Ausdrücke daraus erklären könne. Er tat es nur widerwillig, das ganze langweilte und ärgerte ihn auch: Zwar war ihm der Computermann, der versuchte, Györgyi mit der Elektronik zu ködern, völlig gleichgültig, nicht aber die Tatsache, dass der Computer sie bekommen sollte. War es nicht schon genug, dass wegen der Elektronik täglich Arbeitsplätze draufgingen, musste er auch noch seine Geliebte einem Computer opfern? Er war eifersüchtig geworden und hatte es ihr gesagt, er sei eifersüchtig, aber nicht auf den cleveren Ungarn, sondern auf den Computer, ja, auf den Computer sei er eifersüchtig!

Wie lange liessen die ihn nun eigentlich hier drinnen sitzen? Das Warten, das Rumhocken, besonders nach der so plötzlich und gewaltsam erfolgten Festnahme, war kaum mehr auszuhalten, das war ja wie ein Coitus interruptus, Oerlike uusstiige, gopfertoriamalie! – Hatte er nicht bei der ersten Einvernahme alles zu Protokoll gegeben, das man in diesem Fall überhaupt zu Protokoll geben konnte? Aber das genügte denen wahrscheinlich nicht, die genossen es sicher bis zum Nabel, einem biederen Deutschlehrer auf die Schliche gekommen zu sein, die dachten bestimmt, er habe noch mehr Dreck am Stecken, die Herren Saubermänner! Jetzt schnüffelten die sicher in seinen Privatangelegenheiten herum, um ein möglichst genaues Bild von seiner «Affaire» zu bekommen und um diese womöglich hernach von der Presse noch ausschlachten zu lassen, recht breit gewalzt, in den Boulevardblättern, in den Klatschspalten. Falk ging in dem engen Raum hin und her, er konnte sich kaum drehen und wenden. Hier sass er wie ein Kleinkrimineller, wegen einer Bagatelle, wegen eines kleinen Regelverstosses, und hatte nicht nur das Verurteiltwerden zu gewärtigen, sondern auch noch den wonnevollen Entrüstungsschrei der selbsternannten Vertreter der öffentlichen Meinung! Dazu noch die Rüge von höherer Instanz, von Seiten jener, die sich dazu ermächtigt und verpflichtet fühlten. Hatte nicht schon die Tatsache, dass er über Gebühr lange hier festgehalten wurde, den Beigeschmack eines moralischen Verweises? – Mit welchem Recht, mit welchem Recht? Falk verwarf die Hände und stiess die Luft aus, ach, es war ihm ja völlig egal! Lass sie sagen, was sie wollen, sie wissen nicht, wie der Kirchturm steht...! Wenn er nur Györgyi bei sich hätte. Wenn sie nur bei ihm wäre! Wie geht es deiner Glut? würde sie ihn gefragt haben, und er hätte ihr sachte etwas Luft ins Ohr geblasen, das magische Wort gewispert, von dem sie gesagt hatte, es sei das absolut Höchste, das Zärtlichste, das man in ihrer Sprache jemandem sagen könne: Imadlak! – Wieder spürte er das Blut gegen seine Schläfe pochen, hörte es im Ohr schwingen. Wenn das nicht aufhörte, würde er sich selber befriedigen müssen!

Falk stützte seinen Kopf seitlich gegen die Mauer, so dass Schläfe und Wange an der rauhen Oberfläche auflagen. Das tat gut. Die Mauer hatte einen vertrauten Geruch, eine Mischung von Kreide und Schweiss, und kühlte sein erhitztes Gesicht angenehm. Ob er etwa Fieber hatte? Die letzten zwei Wochen kamen ihm vor wie ein fiebriger Taumel: die fast täglichen Begegnungen mit Györgyi, die immer kürzer aufeinanderfolgenden Verabredungen, nervös-gespannte Erwartung, bevor er sie sah, und nachher ein feines, pikantes Kribbeln bis in die Fingerspitzen, Benommenheit noch lange danach. Ja, es schien, als hätte er Fieber, seine Stirn brannte, und wenn er die Augen schloss und versuchte, sich etwas vorzustellen, schossen tausende von kleinen, farbig glühenden Pünktchen zu einem Bild zusammen und verschwammen wieder. Eine Weile lang rollte er den Kopf hin und her, von der einen Wange über die Stirn auf die andere Wange hinüber und wieder zurück. So wurde ihm wohler, das brachte Kühlung, ähnlich wie der blaue Schwanenhals auf jenem Bild der Leda, das sie zusammen an der Matisse-Ausstellung vor einiger Zeit lange betrachtet hatten.

Er hatte nicht einmal richtig über seine Verteidigung nachgedacht, und noch weniger über die Konsequenzen, die seine Verurteilung zur Folge haben würde. Aber was gab es da schon lange nachzudenken: Zu seiner Rechtfertigung etwas zu sagen, fühlte er sich nicht verpflichtet. Und was die Konsequenzen betraf, würde ihn dieses lächerlich kleine Vergehen wahrscheinlich die Stelle kosten. Man würde ihm vorwerfen, es ginge nicht an, dass er, als hauptamtlicher Angestellter des Staates, mit seinen Schülerinnen anbandelte. Ein nichtiges, ignorantes Pauschalurteil, das diesen moralischen Brüllaffen ähnlich sähe! – Und? Er pfiff darauf, bei einem Staat angestellt zu sein, der sich in seine persönlichen Angelegenheiten mischte; nein danke, für einen solchen Staat tätig zu sein, darauf leistete er gerne Verzicht!

Und dass man das tat, darüber bestanden keine Zweifel mehr, seine eigenen, jetzigen Erfahrungen deckten sich exakt mit dem, was Györgyi ihm erzählt hatte: An einem Samstagnachmittag, als ihr Mann, der arme, eifersüchtige Joseph!, zum Autowaschen gefahren war, erhielt sie einen höchst unerwünschten Besuch. Es läutet, sie denkt, ihr Mann hat etwas vergessen, oder er ist schon wieder zurück, jedenfalls macht sie die Tür auf, und ein völlig unbekannter Mann steht davor und sagt etwas von einer früheren Bekannten, die einmal da gelebt haben soll. Sie ist über alle Massen erstaunt, zeigt sich aber hilfsbereit und will, ohne sich dabei etwas zu denken, die Telephonnummer der Vermieterin holen. Der Mann folgt ihr unaufgefordert in die Wohnung und beginnt, sie auszufragen und auszuhorchen, schaut sich dabei ungeniert in der Wohnung um und glaubt, Lob über die Sauberkeit und Ordentlichkeit spenden zu müssen, auch bekundet er einige Sympathie für Ausländer, die es in diesem Land nicht leicht hätten, man brauche sich nur den Film «Die Schweizermacher» anzuschauen, ha, ha . . .! Falk konnte sich den Typen lebhaft vorstellen, unauffällig angezogen, umgänglich, volkstümelnd – wie er dann weiterbohrt, ob Györgyi und ihr Mann etwelche Schwierigkeiten hätten mit den Nachbarn oder sonstwem, ob er ihr in irgendeiner Sache behilflich sein könne und so fort, fast eine Stunde hält er sich bei ihr in der Wohnung auf und schwätzt pausenlos auf sie ein und macht dabei einen solch harmlosen, geselligen Eindruck, als ob es das Allernatürlichste wäre, sich als Schweizer ungefragt in der Wohnung eines Ausländerpaares herumzulümmeln. – Später stellte es sich auf Umwegen heraus, dass der harmlose Unbekannte von der Fremdenpolizei gekommen war.

Falk stiess sich abrupt von der Wand weg und setzte sich hin. Wenn er jetzt nur, statt hier festzusitzen, mit Györgyi am See die Möwen füttern und ihr zeigen könnte, wie man den Schwänen das Brot reicht, nämlich auf der flachen Hand, das Stück Brot ganz vorn auf den Fingerspitzen, so dass sie mit ihren scharf gezackten Schnäbeln nicht in die Finger schnappen können. Oder wenn es ihm nur noch einmal vergönnt gewesen wäre, mit ihr auf der alten Holztribüne der Kunsteisbahn zu sitzen, in der Spätherbstsonne, unten das bunte Durcheinander der Schlittschuhläufer, welche sich zu unterkühlter Pop-Musik auf der weiss schimmernden Eisfläche im Kreis bewegten. Wenn er sie nochmals so von der Seite anschauen dürfte, gerade wenn eines ihrer Augen das Licht eines Sonnenstrahls, der durch die spärliche Baumkulisse dringt, auffängt und dadurch wie grünes Feuer zu glimmen beginnt ... Wenn, wenn, wenn! Es war ja nicht zum Aushalten in dieser elend engen Zelle!

Statt einer Zelle sollte man jetzt irgendwo ein kleines Kämmerchen haben, keine Kajüte mehr – auf den Winter wurden die Boote ohnehin weggeschafft –, nein, ein kleines Zimmerchen, apart eingerichtet und dekoriert wie auf jenen Matisse-Gemälden, wo sich jeweils ein Fenster oder ein Balkon auf eine helle Bläue, aufs Meer auftat ... Statt hier in der Zelle zu hocken, sollte er mit Györgyi unbeweglich, wie zum Tapetenmuster gehörend, auf der Bettkante sitzen und ihr mit seinen Fingerbeeren die Handfläche ihrer halb geschlossenen Hand kraulen. Das wäre noch besser als die schwankenden, engen, kühlen Kajüten der «Schwalbe» oder der «Möwe». Ja genau, ein Matisse-Zimmer! Wenn man sich in ein solches Gemälde-Zimmerchen verkröche, würde man auch nicht von der Seepolizei aufgegriffen. Man würde lediglich auf die Museum-Aufseher acht geben müssen, um im rechten Augenblick in eines dieser herrlich ausstaffierten Appartementchen verschwinden zu können. Es gäbe nichts Schöneres als mit Györgyi unter eine mit luftigen Ornamenten verzierte Matisse-Decke zu schlüpfen und sich lieb zu haben. Keinem noch so wachsamen Aufseher würde dabei etwas auffallen, da diese ihr Augenmerk auf die Besucher richteten und nicht den Anschein machten, als ob sie sich in die Bilder oder in die Kunst des Sichliebhabens vertieften. Györgyi, kedvesem . . . Liebling, was sagst du dazu?

Falk griff sich an den Kopf, was sprach er da laut vor sich hin? Györgyi Liebling hörte ihn ja gar nicht, war gar nicht da, war weit weg und getrennt von ihm; Györgyi Liebling war jetzt vielleicht bei dem Computermann, der eine Attikawohnung direkt am See, also keine kleinen Kämmerchen, keine heimlichen Kajüten bevorzugte und der in einem Zimmer einen Konzertflügel und einen Computer stehen hatte. Von diesem Zimmer brauche man nur auf den Balkon zu treten, und man könne geradewegs in den See spucken, so und ähnlich hatte Györgyi ihn jeweils aufzuziehen versucht, wenn sie der Teufel ritt. – Falk stand auf: Nun gut, mein Kerlchen, geh du nur zu deinem Computermann, geh hin, trete auf den Balkon hinaus und spucke in den See, sag laut: Ich, Györgyi Vajda, Tochter eines ungarischen Weinbauern, habe in den See gespuckt! Und dann tust du es noch einmal und sagst ebenso: Ich, Györgyi Vajda, habe für meinen Geliebten, Falk, in den See gespuckt! Tu das, mein Kerlchen, und lass dir von dem Computermann auf dem Konzertflügel was Schönes vorspielen . . .! – Ja, der war nun der lachende Dritte. Der sass jetzt auf seinem Pianoschemel und erwartete sie, die nicht mehr zu ihrem Mann zurückkehren konnte und wahrscheinlich auch nicht wollte, während er, Falk, weiss Gott schon seit wie lange, vielleicht schon tagelang – sie hatten ihm ja, als Gipfel der Lächerlichkeit, auch seine Uhr abgenommen –, ohnmächtig hier drinnen eingesperrt sass. Regelrecht in die Hände gespielt hatte er sie dem Computermann! Dessen kühle Berechnung ging nun präzise auf. Er hatte es Györgyi gleich gesagt, das sei ein kühl berechnender Typ, in seinem Kalkül fehle sie nicht, habe sie nie gefehlt. – Wie kannst du nur so was denken, hörte er sie dazwischenrufen, woher nimmst du bloss das Recht, so leichtfertig über andere zu urteilen? – Kein Recht, kein Recht... alles nur Auswüchse einer fiebrigen Fantasie.

Er musste raus, er spürte einen Druck auf der Blase, dachte daran, sich beim Gefängniswärter bemerkbar zu machen, änderte aber seine Absicht wieder. Nachdem er sich erleichtert hatte – unter der Pritsche hatte er einen Blechbehälter entdeckt –, setzte er sich auf den Bettrand und stützte die Ellbogen auf. Endlich wurde er etwas ruhiger, er konnte sich nochmals alles der Reihe nach durch den Kopf gehen lassen. Ha! wenn die meinten, sie könnten ihn mürbe machen, ihn gewissermassen zur Reue zwingen, indem sie ihn hier festhielten...

Ich habe mich also, begann er, einigermassen in eine Schülerin verliebt und mich von ihr verführen und zu einer Dummheit verleiten lassen – halt, so einfach ging das nun auch wieder nicht. Zwar stimmte es, er hatte keinen zwingenden Grund für diese Beziehung gehabt, er hatte eine Familie, ein Zuhause, eine

Ehefrau, um die man ihn hätte beneiden können. Eigentlich vermisste er nichts. Aber war seine Liebe zu Györgyi deshalb bloss ein Ausrutscher, eine Laune des Zufalls? Falk rückte etwas von der Wand weg. Sicher war es ein Zufall, dass er und Györgyi sich begegnet waren, ein reiner Zufall, einer jener seltenen Zufälle, für die es keine Erklärung gab, auch wenn er noch so angestrengt eine solche suchte. Sicher war es ein hübsches Wunder, dass sie sich überhaupt näher kennengelernt hatten, wenn man in Betracht zog, dass wohl in keiner andern Stadt die Menschen, Einheimische wie auch Zugereiste aus allen Ländern, so nahe aneinander vorbeilebten wie hier, so eng beieinander und doch sich ewig fremd. Insofern hatte seine Beziehung mit Györgyi etwas Fremdes, ja, Irreales an sich. Aber Zufall war doch, was einem zufiel. Und so war seine Beziehung mehr, viel mehr als das, was die billige Zeitungsnotiz vermuten liess, auch mehr wert und viel zu teuer, als dass man sich von Paragraphenreitern massregeln lassen musste. – Ja, Györgyi war kein «Ausrutscher» und keine «heimliche Liebschaft eines Deutschlehrers», und was die Treulosigkeit anging, so hatte er das mit sich selber auszufechten, er brauchte keine Behörde hierfür.

Gefochten hatte er auch, hartnäckig mit sich selber, und zwar nur, um alle möglichen Argumente und Vernunftgründe aus dem Weg zu räumen, die gegen seine Beziehung sprachen, er hatte eigentlich immer nur den Weg zu Györgyi freigefochten, oftmals auch mit den wildesten, abstrusesten Querschlägen gegen die Stimme der Vernunft und das Angstgemunkel, die ihn befallen und eines besseren belehren wollten. Auch jetzt, zum Teufel, war es nicht anders! – Falk schloss die Augen, beschwichtigte sich mit dämpfenden Handbewegungen. Wozu regte er sich auf, war er mit sich selbst nicht im reinen?

Das Fremde, Irreale an ihrer Beziehung war ihm nie so richtig aufgefallen. Györgyi hingegen schon, er hatte vehement protestiert, als sie gesagt hatte, es komme ihr alles unwirklich vor: Was meinst du mit unwirklich, was willst du damit sagen? – Sie hatte darauf bloss geantwortet, kneif mich in die Wange! und war stehen geblieben, mitten auf der Strasse, mitten im Gehen, hatte darauf bestanden, dass er sie in die Wange kneife. Er war inzwischen vertraut geworden mit ihrer Schwäche für kleine, scheinbar unbedeutende Dinge und hatte es widerstrebend getan, sie hatte erleichtert aufgeatmet und war weitergegangen. Sicher hatte das bei ihr mit den besonderen Umständen zu tun gehabt, für sie war alles neu gewesen, gezwungenermassen neu, und wenn sie sich zuweilen allein gelassen fühlte, sprach sie über ihre Familie und über ihre Heimat, in die sie vierzehn Jahre, oder bis sie eine andere Staatsbürgerschaft erworben hatte, nicht mehr zurückkehren durfte.

Falk erinnerte sich an einen Nachmittag am See, an dem Györgyi fast unnahbar gewesen war. Sie hatten sich im öden Seepark getroffen, bei launischem Wetter. Ein feuchtwarmer Wind wühlte im See, trieb spitze Schaumkronen über die bleigraue Wasserfläche, wirbelte Blätter das Kai entlang. Kreischend schossen Möwen in den Himmel hinein, die Schwäne stemmten sich mit aufgestellten Flügeln gegen die heftigen, bockigen Wellen. Zuerst hatte er gedacht, auch Györgyi wolle bloss ein wenig bocken, so waren sie schweigend, tändelnd am Ufer entlang über die Steine gegangen, er einige Schritte voraus, sie mit zerzaustem Haar hintendrein. Zwei Fremde. Plötzlich hatte sie sich bei ihm untergefasst, hatte ihn zurückgehalten, warte, warte, bleib stehen! und hatte lange schweigend vor ihm verharrt, den Blick verloren irgendwo aufs andere Ufer gerichtet. Sie hatte heftig den Kopf geschüttelt, im gleichen Moment hatte der Wind ihr Haar nach hinten gerafft, so dass ihr Gesicht, das sie ihm entgegenstreckte, blank und offen erschien, und sie hatte ihm abermals befohlen: Kneif mich in die Wange, kneif mich, los! Gehorsam hatte er es getan und damit ihr Schweigen gebrochen, sie war schwatzend und scherzend neben ihm hergegangen und schliesslich gar vorausgehüpft, über die runden Sockel, die versetzt durch einen leeren Ententeich führten.

Falk erinnerte sich ungern an jenen Föhnsturm-Nachmittag, an dem, eigentlich zum erstenmal, seit sie sich kannten, dieses Fremde und, wie Györgyi es nannte, «Unwirkliche» zwischen sie getreten war. Natürlich hatte er es ihr auszureden versucht, hatte ihr zuerst ein wenig recht gegeben, selbstverständlich sei es schon fast ein Wunder, wenn sich zwei Menschen, noch dazu zwei Menschen solch unterschiedlichen Alters und verschiedener Herkunft, träfen und eine Beziehung eingingen, insbesondere hier in dieser Stadt, in der man so eng beieinander, ja, man könne sagen, aufeinander wohne, ohne das Husten des andern zu ertragen, in einem Staat, wo die Schicksale so vieler zugereister Ausländer und Flüchtlinge irgendwie neutralisiert und gewissermassen in einer Schublade aufgehoben würden, aber das beweise nichts, wolle nichts heissen, höchstens werde die Regel wieder einmal von der Ausnahme bestätigt. Alles in allem ein unliebsamer Nachmittag, mit sehr unliebsamen und auch erschreckenden Augenblicken: Eine Putzfrau im Seerestaurant, die mit einem Staubsauger herumfuhrwerkte, so dass man sein eigenes Wort nicht verstehen konnte, eine ältere Dame am Nebentisch, die mit den Nasenlöchern ihr Gespräch mitzuhören schien, zwei lästige Gartenarbeiter in der Seeanlage, die untätig hinter ihnen herspionierten, und zuletzt – er würde Györgyis Gesichtsausdruck nie vergessen – zwei junge verwahrloste Menschen auf einer Steinbank, die sich gegenseitig eine Nadel in den Arm stiessen. – Ja, doch, ein trister Nachmittag, der einzige übrigens von denen, die er mit ihr verbracht hatte.

Falk rutschte mit den Schultern unbehaglich an der Wand hin und her, er sass nicht gerade bequem. – Er hatte also nicht wahrhaben wollen, dass an ihrer Beziehung etwas Fremdes sei und musste Györgyi doch recht geben. Er hätte es bei manchen Gesprächen merken können, wenn sie, beinah monologisierend, über ihre Familie, über ihre Heimat gesprochen hatte, und er ein zwar aufmerksamer aber doch immer aussenstehender Zuhörer geblieben war. – Györgyi Vajda aus der Provinz Zwischen-zwei-Flüssen . . . Wie oft hatte sie ihren Heimatort beschrieben, das ebenerdige Langhaus, in dem sie, bloss ein Steinwurf von der Donau entfernt, aufgewachsen war und das ihre Eltern mit nur schwer erhältlichen Materialien selber gebaut hatten. Er hatte nur schwer eingesehen, was es für sie heisse, heimatlos zu sein, vielleicht hatte er sich für sie mehr noch geschämt, dass sie eine Staatenlose war, die Frau eines – Flüchtlings. Ihr Mann, der arme, eifersüchtige Joseph!, hatte sich anscheinend nur in den Westen abgesetzt, um in seiner Karriere vorwärtszukommen, um sich mehr leisten zu können, für die Gefühle seiner Frau, für die Dinge, die sie in Ungarn gekannt und geschätzt hatte, war er offenbar unempfänglich gewesen, und er, Falk, hatte keine eigenen oder ähnlichen Erfahrungen gemacht. Wie hätte er sich mit ihrem Flüchtlingsdasein auseinandersetzen, es nachempfinden sollen? Das Fremde war immer da gewesen, er hatte sich täuschen lassen, und sich der Illusion hingegeben, dass die ihm so lieb gewordenen Kleinigkeiten, aus denen ihre Beziehung fast ausschliesslich bestand, dieses feine Netz von zärtlichen Aufmerksamkeiten, in das sie sich in ihrem Alltag hatten einspinnen lassen, an sich genügen würde, um das Fremde zu überwinden.

Und? War ihnen das nicht gelungen? Sollte dieses Netz zerrissen sein, sollte der Alltag, die sogenannte

Realität, ihre unwirkliche Beziehung kaputt gemacht haben? Bisher hatten sie doch jederzeit eine Nische in eben demselben Alltag gefunden: An jeder Ecke noch schnell eine Kusshand, hier ein Stündchen, dort ein Stündchen, um sich zu treffen, der Alltag war überhaupt nicht mehr denkbar gewesen ohne Györgyi, ohne einen raschen Telephonanruf oder eine schnelle Zusammenkunft. Warum sollte gerade der Alltag, der alte Zuhälter!, ihre Liebe zertreten haben? Was ging es den schon an? – Wenn man auf der Strasse war und den vielen Passanten auf die Füsse, nur auf die Füsse schaute, fragte man auch nicht, warum sie ein Bein vor das andere setzten. Obwohl leicht der Eindruck entstehen konnte, sie wüssten es selber nicht und gingen deshalb umso hastiger, so dass man zuweilen Lust bekam, ihnen zuzurufen, sie sollten alle auf einmal für einen Moment stehen bleiben. Was hätten diese anscheinend so geschäftigen Leute ihrer Liebe entgegensetzen können, was für eine Realität gegenüber ihrer Irrealität? Verliebte man sich nicht, um sich endlich von dieser Realität loszulieben? War das Leben denn nur eine endlose Steeplechase, in der man einander immer neue Hürden und Hindernisse in den Weg stellte? – Gab es letzten Endes überhaupt noch Platz für so etwas wie Liebe...?

Falk liess sich mit den Schultern der Wand nach auf die Pritsche hinabgleiten. Er blieb quer über das Bett gestreckt liegen, schloss die Augen. Irrealität, Heimatlosigkeit, Fremde... Er wollte nichts mehr denken, einfach nichts mehr denken.

Nach einer unbestimmten Zeit richtete er sich ruckartig auf. Er schaute verwirrt um sich, fand sich im Moment nicht zurecht, sank wieder auf die Pritsche zurück. – Er hatte, auf dem Rücken liegend, gedöst und verworren geträumt; Traum konnte man dem zwar kaum sagen, eher Verfolgungsvision. Er war mit Györgyi durch die leeren Gassen der Altstadt gerannt; noch hörte er das Klappern ihrer Absätze auf dem Kopfsteinpflaster der verwinkelten Gassen. Sie wurden verfolgt von zwei Männern, einem dunkelhäutigen und einem breitschultrigen, wurden von ihnen eingeholt, und die beiden beteuerten Györgyi ihre Liebe, mit grotesken Gebärden, Verrenkungen ihrer Körper und endlosen Wortschwällen. Dann ging die Jagd wieder los, durch die nur schwach beleuchteten Gassen. Plötzlich gelangten sie zu einem kleinen Platz und waren wieder allein, glaubten, ihre Verfolger abgeschüttelt zu haben. Trotzdem trennten sie sich, Györgyi ging die eine Gasse hinauf, er die andere, am Ende wollten sie sich wieder treffen. Doch sie rannte über einen schmalen Brückensteg davon und entschwand aus seinen Augen. Er suchte sie überall auf der andern Seite des Flusses, irrte zwischen verödeten Bauerngehöften herum und hatte ein Gefühl, als müsste er in einem Heuschober eine Stecknadel suchen. Da entdeckte er Györgyi in einem Obstgarten, auf einem Stein sitzend, durfte sich ihr aber nicht nähern. Er konnte sich mit ihr nur durch Zeichen verständigen, falls sie ihn immer noch liebte, musste sie den Fuss auf und ab wippen, wenn nicht, dann sollte sie ihn hin und her bewegen. Er starrte angestrengt auf ihren Fuss, der mit einem roten Wildlederstiefel bekleidet war, aber sie bewegte ihn spielerisch in alle Richtungen und trieb ihn damit schier zur Verzweiflung. Auf einmal war der Obstgarten in einen Friedhof verwandelt, und Györgyi sass mit schlohweissem Haar auf einem Steinquader, regungslos.

Falk rieb sich die brennenden Augen und setzte sich gerade hin. Der Traum erinnerte ihn vage an etwas, an eine Geschichte, an ein Epos, aus längst vergangener Zeit. Besonders das Zeichen, das er so sehnlichst erwartet hatte, wollte ihm nicht aus dem Kopf. Er stützte das Kinn in die Hände, halb benommen vom Schlaf, und noch immer das Absatzgeklapper im Schädel.

Eine Zeitlang versuchte Falk, sich jeden weiteren Gedanken rigoros vom Leib zu halten, anfänglich mit einigen Freiübungen – Rumpfbeugen, Hüftdrehungen, Armschwingen –, dann mit Atemübungen, zuletzt legte er sich zur Entspannung auf die Pritsche. Nichts nützte. Es war unmöglich, einmal nicht an sie zu denken. – Wie war das gewesen mit ihren Kleidern? – Wo hatte er sie zuletzt getroffen? Was hatte sie angehabt? Welche Bluse? Was für Unterwäsche, die geblümte oder die bordeauxrote mit den Spitzen? – War sie geschminkt gewesen? Nein, sie trug fast nie... nur an den unteren Augenrändern... manchmal etwas verwischt... keine Sorge, das lässt sich abwaschen... hatte sie schon wieder

Angst vor ...? – So, jetzt schnauf mal richtig aus,
himmelherrgottsack! Falk stützte sich mit den Händen auf den Pritschenrand, wollte sich aufrichten,
aber ihn schwindelte, er sank wieder auf die dünne
Matratze zurück. Seine Füsse stiessen dabei gegen
die zerknüllte Zeitung. Er zog sie hervor, faltete sie
umständlich auseinander und glättete sie, begann
geistesabwesend darin zu lesen:
*Bedenken gegen Kunstherzoperation. Die Herzspe-
zialisten Professor Adolf Senn, Direktor der Chirurgischen Klinik A des Universitätsspitals, und Professor
Mark Turner, Leiter der Forschungsabteilung der
Chirurgischen Klinik A, haben sich skeptisch zur
amerikanischen Kunstherzoperation geäussert. Turner erklärte in einem gestern veröffentlichten Interview: «Wir würden heute sicher keine solchen Opera-
tionen durchführen. Sowohl aus wissenschaftlichen,
als auch aus medizinischen und ethischen Gründen
würden wir darauf verzichten.» Senn betonte im gleichen Interview, dass es sich seiner Ansicht nach heute
noch nicht lohne, ein totales Kunstherz zu konstru-
ieren. Bis zu einer perfekt funktionierenden ein-
pflanzbaren künstlichen Blutpumpe werde es noch
«mindestens zwanzig Jahre harter Forschung» brauchen. Gleichzeitig hoffte Turner jedoch, dass das in Z.
entwickelte neue temporäre Kunstherz «innert Jahres-
frist» klinisch einsetzbar sein werde.*

Ohne wirklich aufgenommen zu haben, was er
gelesen hatte, liess Falk die Zeitung wieder zu Boden
fallen. Irgendwas von einem temporären oder totalen

160

Kunstherz. Erstaunlich, was es doch . . . eine perfekt funktionierende Blutpumpe, einpflanzbar, künstlich . . . das also nannte man Herz. Eine Konstruktion, klinisch eingesetzt! – Und was war mit den Gefühlen, der Liebesfähigkeit? Wo waren die in einem Kunstherz untergebracht? Oder war das nicht mehr gefragt, war das unwichtig, ohne jede Bedeutung? – Liebe, Liebelei, Firlefanz! Überschüssige Energie! Da draussen wartete man auch nur darauf, solch schöne und überflüssige Ansichten mit dem Richtschwert vom Tisch zu wischen. Man würde das, was sich Liebe nannte, als gemeinen Ehebruch und ihn als gewöhnlichen Lustmolch entlarven. Aber ein Kunstherz!, damit machte man rühmende Schlagzeilen und wagte es überdies von ethischen Prinzipien zu sprechen. Doch was war eine Ethik ohne Herz?

Falk gestikulierte unkontrolliert in der Luft herum. Er spürte hinter all dem einen gewaltigen Widerspruch, der sich aber irgendwie genauso auf ihn bezog, vielleicht gerade deswegen, weil er einen Widerspruch lebte, weil er mitten drin sass, wegen eines Widerspruchs in Haft sass. Habe ich nicht, sagte er laut vor sich hin, Györgyi gegenüber ad-hoc meine ethischen Prinzipien aufgestellt und unsere Beziehung, unsere Liebesfähigkeit als höchstes Glück bezeichnet, dabei andere Prinzipien wie das Berufsethos oder das Familienleben kurzerhand über Bord geworfen? Habe nicht auch ich jegliche Verantwortung für diese Liebesbeziehung abgelehnt und die Schuldfrage weit von mir gewiesen? – Schuld,

Schuld! Was für eine Schuld? Er wollte erneut aufbrausen und hielt plötzlich inne: Der Traum ... Tristan und der Eremit! Das wars! Tristan hatte dem Eremiten die Reue verweigert, hatte für seine Liebe zu Isolde allein den Liebestrank verantwortlich gemacht und sich als «begünstigtes Opfer» betrachtet. Tristan und Isolde ... die endlose Hatz ... die neidischen Häscher ... die Trennung ... das Zeichen, das weisse oder das schwarze Segel. – Aber was hatte das mit ihnen zu tun? Ihre Beziehung war in keiner Weise damit vergleichbar. So verschwenderisch war es bei ihnen nicht zugegangen, ihre Liebe war eine Liebe auf Raten, in Stunden und Minuten abgestottert, eingeflochten zwischen Eheleben und Beruf, zwar nicht minder schön, aber eben doch in Raten, schon wegen der Eifersucht von Györgyis Mann.

Merkwürdig war, dass er dieser Eifersucht bisher nicht den geringsten seiner Gedanken gewidmet hatte. Der arme, eifersüchtige Joseph! hatte er jeweils gesagt, wenn Györgyi ihm erzählte, dass ihr Mann sie ständig belauere, sie schon immer belauert habe; am liebsten hätte der sie wohl eingesperrt oder in einer Vitrine ausgestellt. Vielleicht, dachte Falk, und der Gedanke tat ihm wohl, ja, es war durchaus vorstellbar, dass Joseph nur geflüchtet war, um seine Frau für sich allein zu haben, sie in der Fremde ganz für sich zu besitzen. Der Mann war tatsächlich zu bedauern, aber eigentlich geschah ihm recht. Falk versuchte, sich behelfsmässig ein Bild zu machen von diesem Joseph, der sich in eine ebenso ausweglose Situation begeben hatte, sich selber einen materiellen Käfig geschaffen hatte, ein Mann, der vom eigenen Argwohn im Innern verzehrt wurde. Er hatte bis jetzt dieser Eifersucht keine Beachtung geschenkt, Györgyi und er waren sich von Anfang an darin einig gewesen, ihr Eheleben aus dem Spiel zu lassen. Ihre Gefühle gingen niemanden etwas an, hatte er stets behauptet, als bräuchten sie Spielregeln, und gleichzeitig gefordert, dass man ihren Gefühlen Spielraum gewähre und ihre individuellen Bedürfnisse respektiere, solange sie niemand verletzten. Und nun hockte er hier und seine ganzen schönen Theorien gingen flöten. Der Widerspruch hatte sich auf die banalste Weise gerächt. Gab es denn Verantwortlichkeit in der Liebe? Konnte man ihr überhaupt Grenzen setzen und die eigenen Gefühle und die der andern so einfach trennen? Das war schnell gesagt: Die individuellen Bedürfnisse des andern respektieren. Aber wo hörten die Bedürfnisse auf und wo fing das Respektieren an? Waren die eigenen Ansprüche nicht zugleich ein Eingriff in die Ansprüche des andern? Natürlich war die Eifersucht eine törichte Sache, aber sie brachte Ernst ins Spiel, mit blossen Worten war sie nicht aus der Welt zu schaffen. – Ach, was hatte Györgyi jeweils gesagt: Szerelem, Szerelem, atkozott gyötrelem... die liebe Liebe, die verfluchte Pein!

Was bedeutet dir diese Frau, so musste er sich fragen, ja, was bedeutet sie dir eigentlich, Hannes Falk? Bisher hatte er sich nie gefragt. Und das war zugleich das Schöne und vielleicht einzig Bedeutsame an dieser Beziehung: Dass er sie als solche hatte gelten und sich stets von neuem überraschen lassen können. Bei mir hast du unbeschränkt Kusskredit, hatte sie gesagt und ihn damit immer wieder, immer wieder sprachlos verlegen gemacht vor Glück.

Wer hätte gedacht, dass alles auf ein solch banales Ende hinauslaufen würde. Wie dumm! Wie unnötig! – Vor sich hinmurmelnd, sackte er zusammen: Ja, ich weiss, wie dir zumute ist, Falk. Du kannst es nicht ertragen, dass man sie hat laufen lassen. Ihr wart schliesslich zusammen im selben Boot, also müsstet ihr auch alles zusammen ausbaden. Du fühlst dich irgendwie allein und versetzt, und es wäre dir sicher ein Trost, wenn sie sich jetzt irgendwo in der Nähe befände. Jawohl, Gleichheit, auch wenn's schief gegangen ist, nicht wahr? Ich kann's dir nachfühlen. Völlig aufgeschmissen ist man da, eingelocht, während diese herrliche Beziehung aus dem Leim geht, nein, nicht aus dem Leim, abgewürgt wird sie dir, abgetrieben! Ohne Vorwarnung. Mit hohlem Bauch, ausgenüchtert stehst du da ohne sie, ohne deine Glut. Noch gestern, so scheint's, sasst ihr auf einer Bank am See, die Wasserfläche hinter euch wie flüssiges Silber, schillernd, gleissend in der niedrigen Novembersonne, und ihr saht zwei auffliegenden Schwänen nach, die mit gestreckten Hälsen, spritzend über das Wasser hinwegliefen; da hattest du noch Kusskredit bei ihr, ihr spracht kaum miteinander, nur ab und zu ein einzelnes Wort zwischen leise plappernden Wellen, und auf der Uferpromenade führte man einen Zirkuselefanten spazieren. Wie im Märchen, wie im Märchen kam dir da alles vor, ein lebendiges und wie aus dem Nichts hervorgezaubertes Märchen. Ich weiss. Und jetzt sitzt du im Loch, jetzt ist die Seifenblase geplatzt, und du guckst nur blöde in die schale Knastluft, fragst dich, wer da auf einmal in die Hände geklatscht und alles zum Verschwinden gebracht hat. Ich kann's dir nachfühlen. – Erst gestern fragtest du sie keck: Nehmen wir die «Schwalbe» oder die «Möwe»?, und ihr gingt zur Mole, wo noch einzelne Boote vertäut lagen, und stiegt an Bord. Mit der früh einfallenden Dunkelheit brachtest du den Motor in Gang – den Zündungsschlüssel hattet ihr ja schon lange in einem Schränkchen gefunden –, und ihr triebt langsam das Ufer entlang, den ganzen Abend, meist steuerlos, bis, eben bis... Es hätte nicht sein müssen, Falk! Niemand hätte je etwas bemerkt. Nun ist alles futsch, auf die läppischste Weise futsch.

Mit hängenden Schultern, hängendem Kopf, starrte er stumpf vor sich hin auf den Boden. Die ganzen vergangenen Wochen hatte er die Tage wie in Trance verbracht, hatte sein Glück kaum richtig fassen können, und nun, als er angefangen hatte daran zu glauben... Er beugte sich weiter vor, legte sein Gesicht zwischen die Knie, bewegte die Lippen in einem hastigen Gebetswispern: Gelt, Györgyilein, du lässt mich nicht im Stich, du wirst mir dein Temperament nicht verleugnen und dich bei einem Computermann verdingen, du kommst doch wieder, nicht wahr, Györgyilein? Wir treffen uns am Bellevue-Platz, genau dort, wo ich letztes Mal mit der Schirm-spitze ein Kreuz in den Boden gekratzt hab', errin-nerst du dich? Weisst du noch, wie leer und verständ-nislos die Feierabendtouristen uns angeschaut haben? Bitte, vergiss es nicht, Györgyilein. Ich werde auf dich warten, an der Tramhaltestelle, genau um 5.28 Uhr.

Nach einer Weile rappelte er sich wieder auf. Ja, er hatte geglaubt, es mit der ganzen Umwelt aufneh-men zu können, ein in seiner jetzigen Situation zuge-gebenermassen lachhafter Anspruch, aber er hatte es tatsächlich geglaubt. Er hatte sich stärker, mächtiger, wahrer gefühlt als die andern, obwohl er genau ge-wusst hatte, dass seine Liebe, rein durch die Zeitbe-dingtheit, der Übermacht des geschäftigen Lebens, nie gewachsen sei. Ungeachtet dessen hatte er sich der herrlichsten aller Illusionen schonungslos hinge-geben, hatte sich Abend für Abend, nachdem sie sich getrennt hatten, auf den Heimweg gemacht, dahin-trabend wie ein Hund, der Duftnoten nachrennt, ihr Parfum noch in der Nase, durch den Verkehr, die Lichter und den Lärm, nichts wahrnehmend, ihre eben noch verspürte Nähe mit sich tragend, einge-hüllt darin, und doch deutlich fühlend, wie die Ge-gensätze hart aufeinanderprallten, so hart, wie das Hämmern der schweren Rammaschinen, die schon wochenlang auf jenem Platz nichts anderes taten, als mächtige Eisenpfeiler tumb und trutzig in den Boden zu treiben. Dass letztlich das Sinntötende und

Stumpfere den längeren Atem habe, das einzusehen hatte er keine andere Wahl gehabt. Es war höchstens die Vertröstung auf ein andermal geblieben, und diese Vertröstung hatten sie ausgeschöpft und ausgeschöpft, ebenso hartnäckig wie ein Kind, das seine Welt der Fantasie gegenüber der Erwachsenenwelt verteidigt.

Falk begann plötzlich konvulsiv zu gähnen, die Tränen schossen ihm in die Augen, eine unerklärliche Müdigkeit ergriff ihn. Er hatte ja eben ein wenig geschlafen oder wenigstens gedöst. Woher also diese plötzliche Mattigkeit? Er kam sich mit einem Mal um Jahre gealtert vor.

Jaja, da hing ein schön alter Barsch an der Angel. Falk schaute an sich herunter. Das war er! Angeblich im besten Alter. Aber was war da schon dran? – Knochige, sehnige, grau behaarte Arme, überwuchert von einem Geflecht hervorstehender Adern. Er führte die leicht feuchten Hände zum Gesicht, befühlte die kantigen Gesichtspartien, rieb sich die Schläfen, die Schläfen des leptozephalen Hannes Falk. Hohlwangig war er, die Bartstoppeln kratzten auf den Handflächen, und sein Haar spürte er in Strähnen ungekämmt über die Stirn hängen. Und dazu immer noch dieselbe Übelkeit in der Magengrube. Wieder musste er so unbändig gähnen, dass es in den Kiefergelenken knackte.

Um die Zeit voranzutreiben, die ihn eigentlich in der Zelle gefangenhielt, begann er sich zu fragen, was er alles nicht mehr tun könnte, falls er Györgyi nie wieder sähe: Nicht mehr durch die Altstadt zotteln, nicht mehr treppauf, treppab durch die Gassen, nicht mehr auf dem Sorgensitz in jenem winzigen Café am Fluss sitzen, keine Papierschiffchen mehr vom Stapel laufen lassen, und, falls er ihn nicht von ihren Lippen empfangen durfte, keinen Rotwein mehr trinken wollen; kein Gebäck mehr und Puderzuckerküsse, kein Liebesnest auf dem Wasser, die Schwäne zum Füttern blieben aus, die «Schwalbe» und die «Möwe» für niemanden mehr vertäut; keine Schulmappen mehr aus dem See fischen, er würde aus Solidarität mit ihr keine Avocado und Pumpernickel mehr essen, und Ungarisch wäre eine Sprache, die ihm das Herz zersägte, keine Rhapsodien, keine Lumpenlieder mehr, er dürfte nie mehr ein typischer Schweizer sein und sie dafür rügen, dass sie im Bäckereigeschäft mit einer Tausendernote ein Stück Backwerk kaufte, vor allem aber würde er nie wieder an Maiglöckchen riechen wollen, von denen sie ihren Namen hatte.

Wenn er nur die Möglichkeit hätte, er hätte ihr sofort einen Brief geschrieben, einen Brief oder eine hoch und heilige Liebeserklärung. Ihr zu schreiben, dieses Recht zumindest musste man ihm doch zugestehen! Oder, so fragte er sich, wie wäre es, statt eines Briefleins an sie, mit etwas Nützlicherem, zum Beispiel mit einem Brief an das Bundesamt für Polizeiwesen, Sektion Flüchtlingsfragen. Los, Falk, spitze deinen geistigen Bleistift, wenn du als Liebhaber schon ausgedient hast!

Sehr geehrte Herren, es ist leider eine altbekannte

Tatsache ... Nein, so nicht! – Sehr geehrte Herren, ich schreibe Ihnen in einer persönlichen Angelegenheit, die eine meiner Schülerinnen betrifft, welche zugleich auch Asylbewerberin in unserem wohlhabenden Land ist. Es ist zwar nicht üblich, dass sich Lehrbeauftragte in ihrem Amt für die Sache eines Schülers oder einer Schülerin einsetzen, oder sich dieser gar persönlich annehmen. Im vorliegenden Fall sehe ich mich jedoch gezwungen aus Gründen, die leicht Missverständnisse hervorrufen könnten, eine Ausnahme zu machen. Wenn Ihnen durch unser wohlfunktionierendes Informationsnetz zu Ohren kommen sollte oder bereits zu Ohren gekommen ist, besagte Asylbewerberin habe sich in unserem Land, das für die lukrativere Gastfreundlichkeit berühmter ist als für die Aufnahme von politischen Flüchtlingen – besonders wenn es sich nicht um den wirkungsvollen Namen eines Sportlers, Schachspielers oder Wissenschafters handelt –, wenn Sie also erfahren haben sollten, die betreffende junge Frau aus Ungarn habe sich auf unlautere Beziehungen eingelassen, so darf ich Sie unmissverständlich darauf hinweisen, dass hierzulande schon ganz anderen Personen mit ganz anderen Beziehungen Asyl gewährt worden ist, und ich möchte im gleichen Atemzug die junge Frau vor dieser blossstellenden Art der Datenerfassung in Schutz nehmen. Ich möchte sie in Schutz nehmen und sie zugleich entlasten ... Ich bitte Sie inständigst, alle die Ihnen zugekommenen Informationen über diese Beziehung rein persönlicher Natur, für die ich mich überdies voll verantwortlich erkläre, bei der Bearbeitung ihres Asylgesuchs beiläufig ausser acht zu lassen . . . ich würde es als zutiefst unmenschlich empfinden, wenn dem psychischen Druck, welchem Asylbewerber während der oft Jahre dauernden Bearbeitung ihres Gesuchs ausgesetzt sind, noch eine moralische Belastung hinzugefügt würde, bloss weil eine Person den eigenen Gefühlsregungen gefolgt und ohne wesentliche Absicht mit vollem Einverständnis des andern eine Beziehung eingegangen ist. Diese moralische Instanz, meine Herren, kommt unserem Staat nicht zu, wenn er den Anspruch auf Freiheit des Individuums in bezug auf seine Willensäusserung noch weiterhin aufrecht erhalten und sich somit von den Ländern, aus denen Flüchtlinge bei uns hauptsächlich eintreffen, vorteilhaft unterscheiden will. Ich möchte mich noch klarer ausdrücken: Wenn jemandem bei der Beurteilung eines Asylgesuchs eine Liebesbeziehung angelastet würde, wäre das ebenso ein Faustschlag ins Gesicht unserer sogenannt freiheitlichen Demokratie, wie wenn jemand wegen Rasse, Religion oder Hautfarbe verfolgt wird. In diesem Sinn verbleibe ich mit vorzüglicher Hochachtung und ausserordentlichem Nachdruck.

Falk krempelte seine Hemdärmel hoch, streifte sie ganz zurück und sprang auf die Beine, verlor das Gleichgewicht, schlug, mit den Armen rudernd, auf der Pritsche auf. Er musste sich beherrschen, musste es wenigstens versuchen, gerade jetzt durfte er nicht den Kopf verlieren. Durchhalten!, rief er sich zu, lass dich nicht zermürben!, du kommst noch früh genug dazu, den Brief zu schreiben. Immer ruhig Blut!, wenn du jetzt einen Tobsuchtsanfall bekommst, dann lieferst du denen erst recht Skandalstoff. Denk an die Schlagzeilen: LIEBESTOLLER SCHUL-LEHRER TOBT IN DER ZELLE. – Er wurde augenblicklich ruhig, ja, erstarrte bei dieser Vorstellung.

Es galt, sich selber ein wenig zu misstrauen. War er tatsächlich so verliebt, dass er solch mächtige Lust verspürte, gegen die Wände anzurennen? Hatte das mit Liebe zu tun, oder war das bloss Verbohrtheit oder Besessenheit? Da er das Geschehene nicht bereute, oder nicht zu bereuen gewillt war, warum liess ihn das, was andere darüber dachten, nicht kalt? Warum ärgerte er sich schwarz über das, was möglicherweise gedruckt werden könnte? Vielleicht trieb ihn eben doch Reue dazu – oder es kam die innere Spannung jenes Widerspruchs zum Vorschein, der sich bis anhin vernünftig und logisch hatte erklären lassen: Die schöne und um so fragwürdiger erscheinende Trennung von Ehe- und Familienleben und separatem Liebesglück, ein Widerspruch, der sich nicht vereinen liess, so sehr man auch an der Vernunft rüttelte und riss.

Es war einmal ein Mann, fabulierte Falk, der hatte eine doppelte Moral (und einen Bart obendrein). Nicht nur, dass er plötzlich alle Konventionen ausser acht liess und auf eigene Faust erproben wollte, was ihm nicht bestimmt war – denn er hatte sich bis anhin ans Herkömmliche, das hiess, an das, was man von ihm erwartete, gehalten –, sondern er war sich dieser doppelten Moral, die eigentlich eine innere Gespaltenheit war, schonungslos bewusst. Richtig müsste es heissen, der Mann habe gar keine Moral, weil sich für ihn diese Frage nie gestellt hatte, weil er glaubte, die Tatsache seines Tuns allein genüge zur Rechtfertigung. Vielleicht sagte er bloss doppelte Moral, weil ihn das im Eindruck bestärkte, eine doppelt und zwiefach genähte Moral halte besser als eine einfache und eindeutige. Jedenfalls fand es der Mann ein Leichtes, sich hinter seiner doppelten Moral (hinter seinem Bart) zu verstecken. Er dachte sogar, schliesslich sei nicht er für seine Verstrickung verantwortlich, nein, Eifersucht, Zwänge hätten ihn aufs Glatteis gelockt, ihn verbohrt gemacht und gegen die Moral der andern abgebrüht. Er gab auch vor, dass es ihn nicht weiter störe, wenn andere ihm sein Tun übelnahmen, denn das geschähe nur aus Neid oder Missgunst oder ganz einfach aus der gemeinen Wut darüber, dass sich da einer etwas erlaubte, dessen man sich selber unter grössten Opfern enthielt. Die Entlarvung sei deshalb nichts anderes als lustvolle Empörung der andern! – Worin aber bestand die doppelte Moral, die Gespaltenheit des Bärtigen? Was konnte man ihm tatsächlich vorwerfen? Nun, das einzige, das man ihm anlasten konnte, war, dass er Tatsache und Fiktion nicht auseinanderzuhalten vermochte. Er war unfähig, schulmeisterlich unfähig, im täglichen Leben zu unterscheiden zwischen dem, was war, und dem was er sich vorstellte. Er ignorierte alles, was mit seiner Vorstellung nicht übereinstimmte, und klebte Bärte auf, wo ihm nackte Tatsachen entgegenschauten. Zum Beispiel bildete sich der Bärtige ein, verliebt zu sein. Dabei war es ebensogut möglich, dass er bloss in die Vorstellung des Verliebtseins verliebt war, um damit ein hundskommunes Abenteuer zu decken. Liebe zum Trotz, eine ganz gewöhnliche Trotzliebe, die dazu diente, ihn über die Doppelbödigkeit seines Gewissens hinwegzutäuschen, und der Bart gab ihn als Schmuggler zu erkennen, der versuchte, in einer braunen Schulmappe Liebesabenteuer an seinem Gewissen vorbeizuschmuggeln. Sein Widerstand und die Verweigerung etwas zu bereuen waren nichts anderes als eine Alibiübung, ein Selbsttäuschungsmanöver. – Lustmolch, geiler!

Falk sass da, in der Zelle, in einem, wie ihm nun schien, verräterischen Zwielicht. Er traute sich selbst nicht mehr, äugte nervös an seinen Hosenbeinen hinunter, scharrte mit den schnürsenkellosen Schuhen auf dem Boden. Merkwürdig, diese Bartgeschichte! Und welch grausames Vergnügen er daran fand, die eigene Spiessigkeit aufzudecken und darin zu wühlen. Das war allerdings eine seltsame Lust, gleich würde er sich an die Analyse machen, los, rief er, zerpflücke dein Liebesglück! – Du suchst in allem einen «letzten Grund», eine «folgerichtige Konsequenz», möchtest bei aller Zweideutigkeit oder Vieldeutigkeit einen wahren Kern finden, an irgendetwas, nicht wahr, müsste man doch festhalten können! Aber der wahre Kern ist nur in einem naiven Glauben zu suchen und nicht in einer in sich selbst verstrickten Vernunft. Du sehnst dich, Pappenheimer!, nach einer unantastbaren Naivität.

Langsam hob Falk den Kopf, schaute hoch und liess seinen Blick den dünnen Gitterstäben an der Tür entlang wandern . . . Sie liebt mich . . . sie liebt mich nicht . . . sie liebt mich . . . sie liebt mich nicht . . . wieviele Gitterstäbe hatte es?, aha, acht, eine gerade Zahl, also musste man mit dem Abzählen anders herum beginnen . . .

Sieh an! Da hockte er und zählte die Gitterstäbe, stellte IHRE Liebe in Frage. Das war er wieder, der Erzfalk! Wenn sie ihn jetzt sehen würde, wie würde sie lachen, ihn auslachen! Er sah es deutlich, funkensprühend, um ihre Augen spielen: Ihr Lachen. – Ach, was hatten sie zusammen schon gelacht: Auf offener Strasse vor verdutzten Passanten, im Tram unter mürrischen Fahrgästen, in Cafés neben aufgebracht herüberschielenden Kaffeetanten. Ja, hätte sie ihn eben sehen können, welch ein Verrat er beging an ihr, an allem, was sie für ihn entdeckt, wieder lebendig gemacht hatte. Solchermassen war er nicht nur ein Lustmolch, sondern ein sentimentaler noch dazu, jawohl, ein sentimaler Lustmolch!

Falk sprang auf die Beine. Bitte! Wenn es hiess, dem Abtötenden, Gefühlserdrosselnden dieser merkantilen Möchtegern-Grossstadt etwas entgegenzu-

stellen ...! Wenigstens hatte er es in vollen Zügen getan, jenseits des Kommerzes, den es für ähnliche Bedürfnisse in dieser Stadt weiss Gott zuhauf gab. Er
hatte, trotz anfänglichen biederen Sträubens, seinen
Phantasien nach Kräften nachzuleben versucht, hatte für einmal nicht dauernd an mögliche Konsequenzen gedacht und hatte jede seiner Regungen für voll
genommen. Wenn er also deswegen ein Lustmolch
war ... Mochten sie kommen, die moralistischen In-
stanzträger, die zynischen Herren, die bebrillten,
hochtrabenden Richter und ihn, den Schulmeister,
schulmeisterlich schulmeistern, er würde für sie nur
allzu gerne Lustmolch sein! – Falk liess einen kräftigen Furz fahren. Hach, wie erlösend und existenzbe-
reinigend so ein satter Furz doch war! Wie zeitbre-
chend in dieser abgeschmackten Umgebung! Er
setzte sich zurecht. – Und wenn sich die Konsequenzen ausweiten sollten, wenn sie weitere Kreise ziehen
und sich auch nur im geringsten etwa auf Györgyis
Asylgesuch auswirken sollten, dann würde er den
Herren einen Strich durch die Rechnung ziehen und,
und ... ihnen pietätlos auf den Schreibtisch pinkeln.
Haha, das war gut! Jawohl, er würde, wie man sagt,
eine Nummer abziehen! Wenn sie es wagten, bei der
Vernehmung auch nur einen Mucks zu sagen von wegen Moral oder Unmoral, ja, schon die leiseste An-
deutung über Györgyi, die Ausländerin und Asylbewerberin, schon eine hochgezogene Augenbraue
genügte, oha!, er würde schon aufzutreten wissen
und denen gehörig den Marsch blasen, er würde de-

nen, die meinten, ihre schnöden Massstäbe an die sprühende Lebenslust anderer anlegen zu müssen, den offenen Hosenschlitz präsentieren.

Falk spürte jäh ein unkontrollierbares Jucken in der Magengrube, einen lendenstraffenden Lachreiz, der sich nicht mehr beherrschen liess. Er musste sich Bewegung verschaffen. Er musste sich auf der Pritsche aufrichten, hochauf, und dem krampfartigen Jucken freien Lauf lassen: Da ragte er, der hagere Deutschlehrer und Familienvater Hannes Falk, weit in die Zelle hinein und konnte nicht mehr an sich halten. Er krümmte sich oder etwas krümmte ihn, er rang nach Luft und klappte unter einem unwiderstehlichen Lachanfall vornüber zusammen. Prustend plumpste er rücklings auf die Pritsche, hielt sich die Seiten, strampelte mit den Beinen, um sich Luft zu machen, liess eine Lachsalve nach der andern folgen, wand sich, brüllte heraus, schrie. Das Lachen prallte von den Zellenwänden ab, fiel auf ihn zurück, steckte zu noch mehr Lachen an, so dass es kaum mehr auszustehen war, und er sich den zuckenden Leib halten musste, damit es nicht so sehr schmerze, wenn er sich seinem Gelächter, das aus ihm herausbrach, vollends hingab.

Er hatte sich noch nicht erholt, als man von aussen, ohne dass er etwas gemerkt hätte, die Zellentüre aufschloss und ihm auf die Beine half, ihn, der immer noch lachte und keuchte, im übrigen aber keinerlei Widerstand leistete, hinausbegleitete und durch einen langen Gang führte, an-

176

scheinend zur Vernehmung. Falk wusste nichts mehr.

Später befand er sich auf offener Strasse. Er konnte sich nicht mehr erinnern, was er dem Untersuchungsrichter auf die wenigen, trockenen, fast gelangweilten Fragen geantwortet hatte. Es war ihm nachträglich auch gleichgültig. Das schmerzstillende Mittel, das man ihm gegeben hatte, als er sich über Kopfweh beklagte, begann seine Wirkung zu tun, er fühlte Benommenheit, eine ihn gegen aussen abstumpfende Taubheit. Es war unmöglich einen klaren Gedanken zu fassen. Egal! Hauptsache, er war draussen, Hauptsache, er hatte seine Schnürsenkel, seine Uhr, seine Geldbörse wieder. Ja, endlich draussen! Falk atmete die frische Novemberluft tief ein. Sie hätte ihm gut tun sollen, diese Luft, wenn er sie nur richtig gespürt hätte. Aber er war am ganzen Leib empfindungslos, stand da und blinzelte im milchig hellen Licht. Die kühle, neblige Luft glitt an ihm ab, die Geräusche der Strasse blieben irgendwo in der Ferne, schienen nicht ganz bis an sein Ohr zu dringen, er war von seiner Umgebung entrückt, abgekoppelt.

Mechanisch stieg er die breite Treppe vor dem Gerichtsgebäude hinunter, schlug irgendeine Richtung ein und bog in die nächste Nebenstrasse an der Peripherie des Stadtkerns. Er ging an der Wand eines niedrigen Lagerhauses entlang und kam etwas weiter vorn an eine Strassenkreuzung. Neben einem Baum, der bis zum Wurzelansatz eingemauert war, blieb er stehen. Aus allen Richtungen drängte der Verkehr heran, schwere Tramzüge rasselten über die Weichen, endlose Autokolonnen schleppten sich vorüber, die Luft durchdrungen von süsslichen Benzinabgasen und dumpfem Motorengebrumm. Er gab sich einen Ruck, überquerte die Strasse, ohne auf die Ampel zu achten, das Hupen der Autos drang wie durch Watte an sein Ohr.

Er ging geradewegs auf die Treppe zu, die zum Graben des alten Stadtwalls hinabführte; auf der obersten Stufe blieb er stehen und blickte hinunter auf den verlassenen Gehsteig. Mit Györgyi hatte er diesen Weg oft genommen, wenn er mit ihr nach der Arbeit unter den Brücken durch spazieren wollte, aber jetzt, dachte er, ist das auch egal. Tritt um Tritt, mit schlenkernden Beinen, stieg er zum Wasser hinab, auf dessen dunkler, glatter Oberfläche vereinzelt und wie aufgeklebt gelbe Ahornblätter trieben. Keine Papierschiffchen, keine Glücksbotschaften. Die Boote an der Schanzenmauer waren fest vertäut und mit Planen zugedeckt, bekleckert mit Vogelmist.

Er ging weiter. Hier unten wurden die Strassengeräusche von der Betonwegeinfassung verschluckt, zur harten Stille gestoppt. Er begegnete niemandem, schaute sich nicht um. Sein Blick glitt über die Wasseroberfläche und tastete sich an den Fensterreihen der gegenüberliegenden Häuserfront entlang: Der Dichter Hermann Hesse soll da einmal sein Winterquartier gehabt haben... Und?, fragte er sich, und nun? Er liess sich auf die Kante einer Bank des städtischen Verkehrsvereins nieder und sah abwesend vor sich hin. Nach einer Weile erhob er sich wieder, setzte den Weg fort, zu müd, um irgendwo sitzenzubleiben; an den Betonwänden rote Schmierereien, Inschriften, hingekrakelt; zu müd zum Lesen.

Neben dem Gehweg lief ein Brettersteg, an dem mehrere Holzlatten morsch herunterhingen oder ganz fehlten, durch die Lücken starrte das dunkle Wasser. Er war versucht, auf dem morschen Steg zu gehen oder über den verrosteten Rahmen zu balancieren, Györgyi aber hätte ihn davon abgehalten ... Er folgte dem Weg weiter bis zur Brücke, dort stapfte er die breiten, massiven Stufen hinauf, kam an einigen Schaufenstern vorbei, ging willig den gelben Markierungen nach, obwohl er den Weg kannte, überquerte die Strasse, fasste nach dem Geländer, wieder eine Treppe hinunter.

Diesseits lag der Weg unter dem Wasserspiegel. Hinter der Mauerbrüstung stand das stille Wasser bis auf Halshöhe. Keine Möwen, keine Schwäne. Hier führte der Weg unter der Brücke durch, ins Dunkel hinein. Bloss von den Fischaquarien, die in die Brückenpfeiler eingelassen waren, leuchtete ein blasser Streifen grünlichen Lichtes über den Boden. Man befand sich wie in einer Höhle, etwas geschützt vor der Zugluft der niedrigen Brückenunterführung.

Er blieb vor einem der Aquarien stehen und betrachtete den dicken Karpfen, der sich im trüb schimmernden Wasser treiben liess: Das war Ödön. Györgyi hatte ihn so getauft. Jedesmal wenn sie vorbeigegangen waren, hatte sie ein paar Worte für ihren Ödön übrig gehabt, wie geht's unserem Ödön, hatte sie gefragt, was hat er denn, er sieht wieder so traurig aus ... ? – Aber was klammerte er sich an Erinnerungen! Träge strich der Fisch dem dicken, bruchsicheren Glas entlang, dessen Schliff eine halluzinatorische Verzerrung bewirkte und in den Augen schmerzte. Trotzdem bückte er sich und sah den dicken Karpfen aufmerksam an. Der Fischmund bewegte sich unendlich langsam auf und zu, als versuche er mühsam, etwas zu formulieren, Worte, zähe Worte, die in verformten und sich verformenden Luftblasen zur Oberfläche aufstiegen und dort zerplatzten. Was sagte er, was versuchte der Fisch zu sagen? Unvollendete Wörter, unverständliches Gemurmel, unwirsches Mauscheln, stossweise geäusserte Silben ... Falk beugte sich zum Glas vor, presste die Stirne darauf und starrte ins aquariumgrüne Wasser, er wollte an den wulstigen Fischlippen ablesen, was die tonlose Bauchstimme wohl zu sagen habe. Es war ihm, als bringe der Fisch quälend langsam immer nur eines hervor: Warum ... Warum ... Waarumm ... Ummwaarumm ... Immer wieder, auf und zu bewegte sich das Fischmaul und wiederholte dasselbe, gurgelnd hohl, grunzend tief aus dem Fischbauch heraus. Nichts anderes wollte ihm einfallen, dem Fisch, so sehr sich Falk auch anstrengte, so sehr er an dessen Lippen hing. Der Karpfen hatte sich etwas seitwärts gewendet und stand schräg zum Glas, sah

Falk starren und ausdruckslosen Auges an. – So sprich doch! flüsterte Falk ihm zu, sag endlich etwas, warum was?, sprich dich doch aus! Und er hatte plötzlich das Gefühl, als spräche er mit seiner Frau:

Dass ich es nicht früher bemerkt habe, es hätte mir schon lange auffallen müssen, wie getrennt von mir du hinter der Scheibe hockst, wie anders du mir vorkommst... Nicht wahr, es ist eine Trennwand zwischen uns? – Du sagst nichts, wie immer. Dein Schweigen soll vielsagend sein, jaja, aber eines Tages wird es mich erdrücken. Auch wenn ich fechte, mit leeren Worten gegen dein Schweigen anrenne. – Warum mit leeren Worten?, fragst du vielleicht. Weil meine Worte bei dir ins Leere stossen. Sie kommen nicht an. Finden keine Entgegnung. – Hast du gehört? Ich hab gesagt, meine Worte fänden keine Entgegnung. Wir sind unvereinbar, du und ich, hocken uns gegenüber, haben einander nichts zu sagen. Dabei wäre das an sich genug Gesprächsstoff: Du bist Fisch und ich bin Stier, stiernackig auch, wenn du's so willst, und du stumm, wie alle Fische, stumm. – Trotzdem, ich glaube, dass du bewusst schweigst. Ich sehe es dir an. Du hast dich hinter dieser Haltung verschanzt, ja, verschanzt. Du willst mich damit aus den Reserven locken. Oder streitest du es etwa ab? – Nein, natürlich nicht. Mit dir kann man nicht streiten. Vielleicht hörst du mich gar nicht, vielleicht kannst du mich gar nicht verstehen, du, hinter deinem dicken Glas! – Falk klopfte an die Aquariumscheibe, so dass der Karpfen erschreckt zurückwich und erst weiter hinten, im trüberen Teil des Wassertanks misstrauisch hervoräugend stehenblieb. Ja, so ist's immer gewesen, so wird's immer sein, ein Versteckspiel. Lieber ausweichen als Rede und Antwort stehen. Das Gesagte könnte etwas verraten. Aber keine Angst, wir sind vorläufig beide noch in unserem Element: Du im Wasser und ich mit dem Kopf gegen die Glaswand. Ja, es war ständig eine Glaswand zwischen uns.

Nun denn, flüsterte Falk, wenn du schon nicht sprechen willst, würdest du mir einen Augenblick zuhören? Der Karpfen bewegte die Vorderflosse ein paar Male und öffnete und schloss den breiten, unwirschen Mund, was Falk als Zeichen des zwar nur widerwillig gegebenen Einverständnisses auffasste.

Das Glück, meine Liebe, sagte Falk, das Glück ist so flüchtig wie ein Lufthauch an einem Wintermorgen, aber der Widerspruch, der es bedingt, scheint unvergänglich. – Glück! Immer muss es auf dem Unglück anderer beruhen, immer muss die Missgunst auf der Lauer liegen und nach dem Glück schielen, es beargwöhnen, damit es sich nicht erfülle. Ein Zweigespann, das untrennbar zusammengekettet ist wie durch ein Verhängnis, jedes das andere behindernd. Und doch: Wenn das Glück sich erst von der Fessel – Neid, Eifersucht, Missgunst – befreit hat, wieviel schöner ist die Unbeschwertheit, das unbeschwerte Glück! Und endlich befreit, schwerelos geworden, muss es sich nicht mehr kümmern um das Unglück, das Nicht-glücklich-Sein der andern. Warum sollte es? Warum sollten die einen leiden, wenn die andern lachen? – Wenn ich mit Györgyi zusammen gewesen bin, so schien es, hätte die ganze Welt um uns lachen müssen, mitlachen... Wir wollen die Verkettung auflösen, du und ich! Warum sollte das Glück in einem Widerspruch gefangen bleiben? Es währt ja ohnehin nur kurze Zeit, ist bloss die Spitze eines unsäglich kleinen Moments im Ablauf unserer Tage. Gönnen wir uns das bisschen Glück, statt uns aus Neid und Missgunst einen Strick zu drehen! Genügt es nicht, dass wir uns mit den Augenblicken abfinden müssen? Was sollen wir uns da noch neidisch sein und uns verletzt, in unseren Empfindungen betrogen fühlen?

Der Karpfen hatte sich verdrossen abgewandt und starrte in die Ecke zur Mauer. – Du hast recht, dreh dich um!, sagte Falk leise, du brauchst mir nicht zuzuhören, ist sowieso alles hoch und hehres Zeug...

Jemand klopfte Falk behutsam auf die Schulter, er richtete sich verwirrt auf. Ein junges Paar stand Arm in Arm hinter ihm. Der junge Mann, bekleidet mit einem zu grossen Regenmantel, fragte ihn fast ein wenig besorgt, ob ihm nicht gut sei. – Doch, doch, versicherte ihm Falk und drehte sich schnell um. Im Weggehen hörte er den jungen Mann sagen, armer Kerl, hat wohl niemanden, mit dem er sich unterhalten kann, kommt hierher, um mit den Fischen zu sprechen.

Im Schneckengang setzte Falk seinen Weg fort.

Alle paar Schritte blieb er stehen, beugte sich über das Geländer und schaute auf das stehende, dunkle Wasser hinunter. Nichts regte sich, kein Licht spiegelte sich auf der Oberfläche, alles dumpf und stumm. Einige Blätter, gelbe, längliche, verdorrte, trieben obenauf, nichts sonst. Weiter vorn, hinter der letzten Brücke, wurde der Wassergraben vom See gespeist, dessen weite, von einer dünnen Nebelschicht bedeckte Fläche wie ein feucht behauchter Spiegel dalag.

Die Seepromenade war beinah menschenleer. Falk setzte sich auf eine Bank unter den Kastanienbäumen und schaute ins kahle Geäst hinauf, dessen faustgrosse Astknollen sich in den bleigrauen Himmel reckten, das dunkle Gewirr hielt seinen Blick fest, bis ihn der Nacken zu schmerzen begann und er den Kopf senkte. Auf der eben noch menschenleeren Promende entdeckte er nun weiter vorn eine Ansammlung von Leuten vor soetwas wie einer Schaubude. Woher kamen die alle auf einmal? Und woher kam die Schaubude? Die Bude interessierte Falk zwar nicht im leisesten, aber diese Interesselosigkeit war gerade der geringste Widerstand, um aufzustehen und zu der kleinen Menschenmenge hinüberzugehen.

Zuerst sah er bloss einen blau gemalten Himmel und weisse Wolken über den Köpfen der Schaulustigen, dann aber kamen grüne Hügel und ein fernes grünes Tal als Kulisse zum Vorschein. Darauf war in einem Bogen in goldener Schrift geschrieben: Paradiesgarten. Als er näherkam, bemerkte er auf einer

kleinen Bühne einen hageren, ganz in schwarz geklei-
deten Mann, dessen Gebärden und wortgewaltiges
Auftreten nicht zu der schülerhaft aufgemalten
Schnörkelschrift und den billigen Kulissen passen
wollten und der sich dem Publikum als «Illusionist»
vorstellte. Falk trat zu den andern Leuten und hörte
dem Vortrag des Illusionisten vorerst nur mit hal-
bem, dann aber mit steigendem Interesse zu.

Seit Jahren, rief der schwarze Mann, seit Jahren,
hochgeschätztes Publikum, bin ich unübertroffener
Meister darin, die Menschen verliebt zu machen. Jawohl, Sie haben richtig gehört, ich kann Sie, ohne Ihr
eigenes Zutun, bis über die Ohren verliebt machen!
Treten Sie näher, auch Sie ehrenwerte Dame im hell-
grauen Kleid, lassen Sie mich Ihnen meine exquisite
Kunst vorführen, Sie werden es bestimmt nie bereu-
en! Der Illusionist winkte eine Dame heran, die gerade an der Schaubude hatte vorbeigehen wollen, die
sich nun aber zu den Zuschauern gesellte und leicht
amüsiert den Reden des schwarzen Mannes folgte.
Ich bin einmaliger Spezialist auf dem Gebiet des Verliebtmachens, fuhr der Illusionist mit grosser Gebär-
de fort, nie werden Sie sich so verliebt gefühlt haben,
noch nie haben Sie ein solch zehrendes Verlangen gekannt, nie wieder werden Sie so schnell und so gerne
bereit sein, sich absolut bedingungslos ihrer Liebe
hinzugeben. Jedoch werden keine Opfer von ihnen
verlangt, Herren, Damen, einzig durch den Erwerb
dieses kleinen, einfachen Herz-Chip werden Sie in
den einmaligen Genuss der törichten Liebe kommen.

Ist Ihr Herz einmal entbrannt, wird es in wohliger Glut schwelen, für wen immer es sich durch die Begünstigung des Augenblicks entzündet haben mag. Herreinspaziert, Sie werden von einer unbekannten Inbrunst ergriffen werden, Sie werden den zutiefst empfundenen Wunsch verspüren, sich vor den Füssen Ihrer Auserwählten am Boden zu wälzen. Gefühle!, meine Damen und Herren, verschenken Sie Ihr Herz, hier und jetzt, es wird Sie nicht die geringste Überwindung kosten, dank meiner unfehlbaren und unwiderstehlichen Suggestionskraft. Ihr Herz wird sich anfühlen wie in einen Philtre d'amour getaucht – und doch: Ich verabreiche Ihnen weder einen Liebestrank noch sonstige stimulierende Mittel. Treten Sie herbei, Herren, Damen, besorgen Sie sich einen Herz-Chip, der es Ihnen ermöglichen wird, Liebe von nicht geringerer Wirkung als derjenigen Tristan und Isoldes nachzuempfinden. Werfen Sie einen einzigen Blick in die Phiole meines Auges, und Sie werden nur noch eines wollen, eines begehren und eines fühlen! – Der hagere, etwas verhärmt aussehende Illusionist liess die schwarzen Augen in die Runde funkeln und schwang seinen langen, innen camparirot gefütterten Mantel theatralisch um die Schulter. – Sie werden nicht enttäuscht sein! Ich habe meine Kunst des Verliebtmachens in langjähriger Arbeit, unter vielen Entbehrungen und Bemühungen endlich soweit verfeinert, dass niemand, kein Wesen, weder männlichen noch weiblichen Geschlechts, ihr widerstehen kann, dass jeder Mann und jede Frau den

Funken sehnsüchtigster Liebe empfangen wird, wenn Sie sich dafür bereit erklären. Und Ihre Bereitwilligkeit, meine Damen und Herren, beweisen Sie dadurch, dass Sie sich zum Kauf dieses Herz-Chip entschliessen, der Sie für den Eintritt in mein Kabinett berechtigt! Der Illusionist zeigte ein kurios geformtes, rotes Scheibchen vor, von denen er in einem schwarzen Stoffbeutel noch mehr hatte. – Damit Sie aber nicht unvorbereitet ins Abenteuer «Liebe» gestürzt werden, möchte ich Ihnen an Ort und Stelle eine kleine Kostprobe meiner Kunst bieten. – Sehen Sie her, diese junge Dame! Er bewegte sich tänzelnd und schwadronierend auf die andere Seite der Schaubude und deutete auf eine junge Frau, die eben noch traurig dagestanden hatte, mit verweintem Gesicht, die sich aber für den Meister ein verlegenes Lächeln abnötigte. Diese überaus hübsche sympathische Dame ist, wie sie mir vorhin anvertraut hat, ungarischer Herkunft und hatte sich als blutjunges Mädchen unglücklich verliebt. Sie war der Liebesgunst eines verheirateten Mannes anheimgefallen und blieb, nachdem er sie enttäuscht hatte, gegenüber jeglichen Regungen der Liebe oder der Zuneigung kalt und unempfänglich. Jahrelang dämmerten ihre Gefühle dahin, ohne sich auch nur irgendwie entzünden zu können, ohne je wieder aufzuflammen. Sie war völlig liebesunfähig geworden. Und heute, an diesem 30. November, habe ich in ihr durch die einfache Anwendung meiner Kunst die Liebe wieder erweckt! – Stimmt es, wertes Fräulein? Der Illusionist

wandte sich mit einer antwortheischenden Geste an
die junge Dame, und alle Augen der Schaulustigen
richteten sich auf sie. Jetzt begann sich auf ihrem Gesicht jäh eine Veränderung abzuzeichnen, und Falk,
wie in einem schweren Traum gefangen, schaute ge-
bannt hin: Das war ja . . . war das nicht . . . ? Er wollte ihren Namen rufen, aber seine Stimme versagte
ihm, und er sah, wie sich ihre Wangen verfärbten, wie
sie sich zusehends röteten, bis sie flammend rot waren und ihre Stirne weiss zu glühen schien. Sie hatte
ihre feucht glitzernden Augen in eine unbestimmte
Ferne gerichtet, als habe sie etwas lang Ersehntes, ihr
Entfremdetes entdeckt. Plötzlich aber riss sie die
Hände in die Höhe, mit dünnen Fingern raufte sie
sich das Haar, Tränen schossen ihr in die Augen, sie
schnellte herum und drängte sich durch die Menge,
eilte davon. Falk löste sich ebenfalls von den Leuten,
tat ein paar schnelle Schritte hinter ihr her, wollte sie
wieder beim Namen rufen – die junge Frau aber lief
in einem Bogen um die Zuschauergruppe herum und
verschwand hinter der Schaubude. Falk blieb mitten
im Trott stehen, blickte ihr nach, immer noch hörte
er den Illusionisten über den Platz schreien: Sehen
Sie, meine verehrten Damen und Herren, was die Liebe anzurichten vermag, auch für Sie wird sich die
kleine Auslage garantiert bezahlt machen. Treten Sie
ein in mein Kabinett, ich werde Sie in die Kunst der
Künste einführen! Immer herzu, Herren, Damen, die
nächsten Liebeskandidaten und Kandidatinnen sind
erbeten . . .

188

Falk schlich sich davon, unwillkürlich zog er den Kopf ein, um der grellen Stimme in seinem Rücken zu entkommen. – Welch ein übler Scherz! Was für ein billiger Witz! Er war, wieder einmal, gründlich angeschmiert. Als hätte man sein Inneres nach aussen gekehrt, seine Gefühle veräussert und verramscht. Da ging er: Ein umgekrempeltes Mensch! Was er vor kurzem als höchstes Glück bezeichnet hatte, wurde an dieser Schaubude noch als Billigstseligkeit feilgeboten; das, wofür er alle seine ethischen Prinzipien über Bord geworfen hatte, fand er hier in grotesk aufgetakeltem Zustand wieder; in dem ganzen Jahrmarkt der Gefühle, den dieser Liebesscharlatan in seinen Reden Revue passieren liess, war er, Falk, der Genarrte.

Schwerfällig schlurfte er durch den Kies, eine nass schwarze Spur aufschürfend. Dass ich gehe, sagte er sich, ist nur ein leidiger äusserer Umstand, eine rein physisch bedingte Gewohnheitssache, denn es ist ja so: Gehen hat nur dann einen Sinn, wenn ich auf sie zugehe, jetzt aber gehe ich von ihr weg. Mit den Empfindungen ist es ähnlich: Sie haben nur dann einen Sinn, wenn ich sie ihretwegen empfinde... Trotzdem ging er weiter, über den öden, graugefleckten Platz, vor ihm der See, ein stumpfer, blinder Spiegel, die Berge dahinter verdeckt, die Bäume entblättert, weit draussen brach der Schiffssteg ab ins Leere. Jetzt dort hinausgehen und in diese Leere treten. Die drüben am Quai, die sich mit der Nadel ins Jenseits beförderten, hatten es längst erfasst. Wozu das ganze noch hinausziehen? – Er lenkte seine Schritte zum verlassenen Schiffssteg hin: Die Gestade laden zum kühlen Bade ... Er lachte trocken, selbst jetzt musste es noch poetisch zu und her gehen, man bekäme sonst wohl den Eindruck, das Leben als Deutschlehrer sinnlos gefristet zu haben! Falk umfasste die obere Stange des Geländers; kaltes, feuchtes Metall. Das Wasser unter dem Steg schimmerte metallisch und kalt. Er starrte hinab. Da fiel ihm rechts, im oberen Blickwinkel, etwas Weisses auf, ein weisser Fleck, der sich bewegte. Ein Tier. Ein Vogel. – Eine Möwe sass auf dem Dach der geschlossenen Verkaufsstelle der Schiffahrtsgesellschaft und äugte zu ihm hinunter, unverwandt, ohne sich zu regen. Sie erinnerte ihn an einen Richter; einen Richter mit weisser Perücke. – Schon wieder ein Richter. Wie widerlich! Während des ganzen Lebens wurde nichts als gerichtet und geurteilt: Zuerst die Lehrer, später die Ausbilder, dann Offiziere und Gesetzesvollstrecker, am Ende richtete der Pfaff. Und jetzt, wo er endlich über sich selber richten wollte, spielte sich diese Möwe auf. Falk hob den Arm und versuchte, die Möwe zu verscheuchen, aber sie war zu weit von ihm entfernt, blieb sitzen, hielt sich dreist im Gleichgewicht und starrte unverwandt und gierig zu ihm hinüber. Geh weg! Sch...! Falk hob den Arm und liess ihn wieder sinken. Die Möwe blieb. Jetzt öffnete sie sogar den langen gebogenen Schnabel:

He, he! rief sie schrill, es gibt noch unvollendete Geschäfte!

Was da? schrie Falk in den Wind, was sagst du, unvollendete Geschäfte?

Recht so, sagte die Möwe, man versucht sich einfach aus dem Staub zu machen, sich aus dem Leben zu mogeln. Und was ist mit der ehelichen Verpflichtung? Zuerst muss geschieden werden, recht so, geschieden muss sein!

Der Vogel kippte lcicht nach vorn, fing sich auf und fuhr fort:

Der Beklagte scheint geltend zu machen, dass er trotz eines ausserehelichen Verhältnisses keine Notwendigkeit zur Auflösung seiner Ehe sehe, dass er sich also nicht schuldig fühle. Er macht geltend, dass sich dieses Verhältnis ohne die früheren ehelichen Umstände nicht soweit hätte entwickeln können. Ferner macht er geltend, dass ein Doppelleben so schlimm gar nicht sei, dass er es als etwas ganz Natürliches anschaue, Dinge, die er mit seiner Gattin nicht habe tun können, cben mit seiner Geliebten getan zu haben, und dass er dabei erwarte, auf das willige Verständnis des Ehepartners zählen zu können. – Dies scheint dem Gericht eine Verharmlosung der Tatsachen zu sein.

Die Richtermöwe plusterte sich kurz und empört auf. Warum hat der Beklagte den Umstand, dass er gewisse (nicht näher bezeichnete und dem Gericht daher unbekannte) Dinge mit seiner Gattin nicht tun konnte, fraglos hingenommen? Warum hat er sich mit dem Problem dieses persönlichen Unvermögens nicht auseinandergesetzt und zwar zu einem Zeitpunkt, als er dies noch konnte, ohne dass es zu dem besagten Verhältnis gekommen wäre? – Zwar führt der Beklagte an, er habe es während Jahren immer wieder versucht, er habe alles daran gesetzt, dieses Problem der mangelnden Kommunikation, des Sich-nicht-Verstehens und Unverstanden-Bleibens zu überwinden oder sich damit abzufinden. Doch das Gericht muss dies ernsthaft bezweifeln. Und selbst wenn dem so wäre, kommt das Gericht zum Schluss, dass die Erfolglosigkeit dieser Versuche ein ausserehliches Verhältnis nicht rechtfertige. Wenn diese Versuche tatsächlich so erfolglos, aufreibend und entnervend gewesen sein sollen, wie der Beklagte vorgibt, warum hat er die Konsequenzen nicht früher gezogen, bevor er das Verhältnis eingegangen ist? Es kann nicht als statthaft erklärt werden, dass der Beklagte sein Scheitern nun als Rechtfertigung heranzieht. Unter den erwähnten Umständen fallen alle Gründe, die der Beklagte als Erklärung anführen mag, dahin, und er hat die alleinige Verantwortung für die Auflösung seines Eheverhältnisses zu tragen.

Die Möwe streckte sich ein wenig, schlug einmal schnell mit den Flügeln und fuhr im selben schrillen Ton fort: Als einzigem Vorbehalt stimmt das Gericht in einem Punkt dem Beklagten zu, nämlich, dass seine Probleme, und somit die stets latente Ehekrise, erst nach Aufnahme seines ausserehlichen Verhältnisses klar zutage getreten seien. Dies mag, wie in den meisten Fällen, stimmen, doch kann das Gericht diesen mildernden Umstand nicht gelten lassen, weil damit klare ethische Kriterien auf den Kopf gestellt würden, denn Auswirkungen und Konsequenzen können nie Rechtfertigungen oder gar Begründungen sein. Auch der Einwand, der Beklagte habe zu keinem Zeitpunkt ein ausserehliches Verhältnis gesucht und hätte in dieser Hinsicht auch nie bewusst eine Entscheidung getroffen, sondern das Verhältnis habe sich «von selbst» zu einem solchen entwickelt, muss vom Gericht entschieden zurückgewiesen werden, denn auch das Unterlassen einer Entscheidung stellt eine solche dar, und es geht natürlich nicht an, dass die Verantwortung auf schicksalhafte Wendungen abgewälzt wird. Der Beklagte war sich in jeder Phase seines Tuns – und wir brauchen an dieser Stelle nicht jede einzelne dieser Phasen zu erörtern – über die möglichen Konsequenzen genaustens im klaren und hatte, trotz, wie er beteuert, ständiger innerer Konflikte, nichts unternommen, was zu einer Vermeidung der Fremdbeziehung oder zumindest zu deren Einschränkung innerhalb sittlicher Grenzen hätte beitragen können. Die Schuld trifft infolgedessen den Beklagten und mildernde Umstände zu seiner Entlastung können nicht zugelassen werden.

Unbarmherziger Schwätzer! Falk schüttelte die Faust gegen die Richtermöwe, ist das eine Art einen Entgleisten zu massregeln? Ihr habt gut reden von ethischen Kriterien. Doch wendet eure Ethik da an, wo's not tut!

Es tut stets da not, wo eine Regelwidrigkeit entdeckt wird.

Man entdeckt sie da, wo man sucht.

Es ist nicht am Gericht zu suchen, dem Gericht führt man die Fehlbaren zu.

Egal! Ich weigere mich, mich eurer Immunität zu unterwerfen. Bei mir gibt es nichts zu entdecken, was es bei euch nicht zu entdecken gäbe!

Das Gericht sitzt nicht in eigener Instanz hier, es vertritt die vom Bürger anerkannten Gesetze.

Was geht mich der Bürger an? Ich will meine arglose kleine Freiheit zurück. Ich will meine Unschuld wieder. Ich verlange, dass ihr meine Polizeiakte spurlos vernichtet!

Der Forderung des Beklagten kann nicht stattgegeben werden. Das Gericht erklärt ihn hiermit für schuldig. Die Richtermöwe hackte mit dem Schnabel einmal kurz auf das flache Dach und machte weiter keine Anstalten, von ihrem Standpunkt abzurücken.

Falk wandte sich abrupt ab. Nur weg, dachte er, weg von diesem Viech! Das hatte gerade noch gefehlt, kaum war man drauf und dran, mit sich ins reine zu kommen, stellte sich einem ein dahergeflogenes Biest in den Weg und glaubte, den Schiedsrichter spielen zu müssen. Er sah sich unverhofft in ein ausgelatschtes Paar Schuhe zurückversetzt, trat den Rückzug über den Schiffssteg an. Als er an der geschlossenen Verkaufsstelle vorüberkam, scheuchte er die Möwe auf; sie liess sich jedoch nicht von ihrem Posten vertreiben, sprang bloss etwas zur Seite und schaute ihm mit gierig-stechendem Blick nach. Falk hätte ihr am liebsten den Hals umgedreht.

Er ging weiter, unentschlossen, schlug irgendeine Richtung ein. – Ethische Prinzipien . . . Auswirkungen . . . Begründungen . . . er stiess mit der Schuhspitze eine Zigarettenschachtel weg. Das war überaus scharfe Logik. Messerscharf. Und genau nach Anleitung: Vitale Lebensbestandteile rigoros wegschneiden und ausser Betracht fallen lassen. Die Zusammenhänge voneinander trennen, sie unblutig sezieren und gesondert auslegen. Dem Fehlbaren die Hölle heiss machen. Einige Vorbehalte kurz ziehen lassen, die mildernden Umstände wegschütten, bis nur noch die gefügige Substanz übrig bleibt. Von intakten, unumstösslichen Begriffen ausgehen. Die letzten Einwände vom Tisch wischen, die Beweislast umwälzen, den Fehlbaren im eigenen Saft schmoren lassen und das Urteil ist fix und fertig. Im Sinne dieses oder jenes Artikels anrichten und auftragen. – Zum Hirnblutschwitzen!

Inzwischen war er in einem kleinen, vernachlässigten Park angelangt, der sich wie ein Schiffsbug in den See hineinwölbte; vorne die Gallionsfigur, ein schwarz gewordener Ganymed mit Adler, die ersten Gedichtstrophen in den Stein gemeisselt, kaum entzifferbar. Er ging daran vorbei, stadteinwärts die Treppe hinunter, über die Strasse, vorbei an Blumenrabatten, die mit Tannenzweigen zugedeckt waren. Er kam zu einem baumbestandenen Platz mit einem kleinen Verkaufsstand. Ein paar Spatzen hüpften herum, schwirrten weg, als Falk herantrat. Er kaufte sich eine Handvoll heisser Kastanien, um sich die steif gewordenen Finger zu wärmen; er konnte sie kaum öffnen oder zur Faust ballen, sie waren bläulich und starr vor Kälte, und die heissen Kastanien schmerzten mehr, als dass sie ihn wärmten.

Der Duft, der den russgeschwärzten Röstkesseln entstieg, versetzte ihn weit zurück; schwarz gekleidete Leute, die gemessenen Schrittes in der Novemberdämmerung am Seequai auf und ab spazieren; von irgendwoher Blasmusikklänge, sanfte, weiche, reumütige Klänge; Klänge, die an einem kühlen Nachmittag ein wenig Wärme ausstrahlen und die wenigen Spaziergänger anziehen, für eine Weile festhalten. Die Heilsarmee. Leises, gemächliches Fusscharren. Die Uniformen fügen sich beinah übergangslos in die dunkel nuancierten Grautöne der ansonst leeren Parkanlage ein. Ein Wimpel mit goldenem Stern auf rostrotem Grund. Ein Transparent. Selig sind die Sanftmütigen ... Ein paar Pamphlete auf dem Boden zwischen zermalmtem Laub und Zigarettenstummeln. Alles zerschmilzt in diesem Graulicht, zerfliesst in den weichen, reuigen Blasmusikklängen. Neben der kleinen Musikergruppe verteilt ein dicker, rotbackiger Mann in einem langen Zweireiher und übergestülpten Ohrwärmern Pamphlete. Seine Füsse, in breitem Abstand in den Kies gepflanzt, stecken in festen Stiefeln aus Kunstleder. Langsam, beinah unmerklich verlagert er das Gewicht von einem Bein aufs andere, von Zeit zu Zeit stösst er kräftig Atemwolken aus, reibt die Hände aneinander, und ein beständiges Schmunzeln vertreibt die Anzeichen von

Kälte aus seinem alterslosen Gesicht. Die Leute, denen er ein Pamphlet zusteckt, wechseln beiläufig ein paar Worte mit ihm oder versuchen ein kleines Gespräch anzuknüpfen, was der Rotbackige gelassen aufnimmt und mit bedächtigem Kopfnicken erwidert. Man nähert sich ihm unauffällig, tut so, als vertrete man bloss die Füsse und schiebt sich dabei an ihn heran, um einige der gewiss trivialen Worte, die er mit einem älteren Herrn wechselt, zu erhaschen. Das entgegengehaltene Pamphlet steckt man achtlos ein; sicher ein Missionsgeschreibsel – und doch bleibt man stehen, hört auf die sparsamen Sätze des rotbackigen Heilsarmisten. Auf seine Stimme kommt es an, weniger auf das, was er sagt; wegen der Musik ist ohnehin nicht viel zu verstehen. Seine Stimme aber hat etwas von einem warmen Muff, in den man beide Arme bis an die Ellbogen stecken kann. – Als die Musik endet und die Heilsarmisten ihre matt schimmernden Instrumente absetzen, sich mit dem Ärmel über den Mund fahren, tritt der Rotbackige fast schamhaft ein paar Schritte zurück, behält die Umstehenden jedoch im Auge und händigt, wenn auch eher zögernd jetzt, da und dort ein einzelnes Pamphlet aus.

Falk tappte zwischen den Bäumen des verlassenen Parks umher, wo waren die Leute alle hingekommen? Und wo war der rotbackige Heilsarmist? – Er suchte verwirrt auf dem Boden herum, längst verwischte Spuren, er bückte sich, las etwas auf, steckte es unbesehen in die Tasche.

197

Schliesslich fand er zum Park hinaus, er trat hinter der umgrenzenden Hecke hervor und schritt auf die offene Brücke am See zu. Er zog den Kopf ein und stopfte die Hände in die Manteltaschen, befühlte darin das aufgelesene Papier, offenbar ein Pamphlet; er würde es später wegwerfen. In der Mitte der Brücke blieb er stehen, stützte sich aufs Geländer, schaute hinunter. Man wusste ja, was auf diesen Pamphleten geschrieben war, man wusste, was einen erwartete, konnte es sich etwa ausdenken, eine Standpauke über wacklige menschliche Beziehungen, brüchige Ehen, zerbröckelnden gesellschaftlichen Kitt, und die gradlinige Analogie zu einer gottlosen Welt. Er würde das Pamphlet ins Wasser hinabflattern lassen. Zu keiner Zeit, und auch jetzt nicht, hätte er die wohlmeinenden Thesen gutgeheissen, sie gingen ihn nichts an, er wollte für niemand Verantwortung übernehmen oder andern etwas überantworten. Der Fluss, dachte er, wird alle Thesen forttragen. Falk blickte hinunter auf das wegschlüpfende Wasser, das alles, ob Pamphlet, Gotteswort, Papierschiffchen oder Bierflasche, mit kalter Verachtung, mit derselben Gleichgültigkeit wegspülte.

Eigentlich tat ihm das Pamphlet leid, die gutgemeinten Worte und ihr Verfasser, der rotbackige Heilsarmist; es tat ihm seinetwegen leid. Obwohl es nicht einmal sicher war, dass er das Pamphlet verfasst hatte. Wahrscheinlich hatte er es nicht mal gelesen, geschweige denn darüber nachgedacht. Vielleicht hatte er es bloss überflogen und nach Farben geordnet verteilt, jeden Tag ein andersfarbiges.

Im Grunde war der Mann zu beneiden, um seine Ruhe, um seine Anspruchslosigkeit, um sein Schmunzeln, das genaue praktische Kenntnisse der Menschen verriet, und um seine kälte- und wasserfesten Stiefel aus Kunstleder. Wie gut das wäre, in ebendiesen Stiefeln zu stecken, breitbeinig wie ein Standbild, während die wärmesuchenden Menschen näherrückten, sich an einen anschmiegten.

Aber was für ein Pamphlet hätte er, Falk, verteilen können? Welchen Inhalts? Stünde es ihm überhaupt zu, sanfte Belehrungen unter die Leute zu bringen? Hätte er nicht einen ganz und gar andern Akkord anschlagen müssen, einen rauhen, misstönenden? Was für Thesen hätte er aufstellen und verbreiten können? – Vielleicht eher eine Beichte; Beichte eines gewöhnlichen Ehebrechers, eines Mannes des vorsätzlichen Leichtsinns, oder eines alternden Liebhabers, der es besser hätte bleibenlassen sollen. Beichte eines in die Liebe Verliebten und von ihr Vergifteten, dessen Phantasie überbordet und gekentert war und nun kieloben trieb. Also Beichte eines Mannes, den die Phantasie verführt hatte, der vom Festland der Vernunft abgetrieben war, um Tiefen in sich auszuloten, dabei in Untiefen geraten und in der eigenen Seichtheit auf Grund gelaufen war. Beichte eines irrationellen Mannes, der einen um den Hals gebundenen Anker mit sich herumschleifte, als Sicherheit, als Ausrede. Beichte eines Mannes, der, nach Schwalben haschend, Möwen erwürgte; einer, der zwischen Fiktion und Realität nicht zu unterscheiden wusste. Beichte eines Irrealisten, eines bedauernswerten Opfers seiner eigenen Fiktionen.

Er war dem Lockruf erlegen und dem sicheren Hafen der Ehe entronnen. Muntere Wellen hatten gegen die Hafenmauern geklatscht. Die Bootsmasten hatten den Sturm freudig eingeläutet. Sein Pamphlet sollte nicht mit einem frömmelnden Bibelvers enden, sondern mit einem Ausschnitt aus der Tristan-Sage, mit der einfachen, grausamen Feststellung: *«Blind bewegten sich ihre Herzen aufeinander zu. Manchmal regte sich das Gewissen in dem Mann und sagte: Wache auf! Besinne dich! Komme zu dir! Und sein Verstand begann mit ihm zu reden, aber sein Herz sprach lauter und wollte seinen Willen haben. So riss er an den Stricken der Vernunft und blieb ein Verstrickter.»*

Falk richtete sich steif auf, nahm die Hände vom Brückengeländer, reckte den Hals. Er zog das Papier aus der Tasche, es war, wie er nun sah, kein Pamphlet, sondern eine Karte; eine Spielkarte war's, eine Dame, die Herzdame. Er stützte die steifen Hände in die Seiten und beugte sich ins Kreuz. – Seine Herzdame! Er schlug den Mantelkragen hoch, nestelte am Halstuch und begann zu gehen. Steckte im Gehen die Hände in die Manteltaschen. Es war kalt, eine feuchte, zugige Novemberkälte. Die Taschen waren leer. Keine Pamphlete. Keine Thesen. Unten floss das Wasser weg, zügig. Er hatte die Brücke überquert, gelangte

zu einem grossen Platz, der Drehscheibe seiner Liebe. Er verkrampfte die Finger, lockerte sie wieder.
Setzte einen Fuss vor den andern. Stumpfe Schuh-
spitzen, gebundene Schnürsenkel. Nun war er plötzlich aus dem Wind, nicht mehr auf der Brücke. – Wohin jetzt? Links wieder ein Verkaufsstand. 100 g Fr.
1.70. Die Strasse. Er blieb stehen. – Zu ihr? Sie war
noch da. Gar nicht so weit weg. Ein Tramzug rollte
heran. Er brauchte bloss einzusteigen, er brauchte
bloss den Türknopf zu drücken. Grünphase. Eine
Reihe Motorhauben. Jemand hastete vorbei. Man-
telschösse schlugen über den Waden zusammen.
Jetzt war die Ampel wieder rot. Das Tram weg. Egal.
Es kamen noch andere. Noch viele. Autos flitzten
vorbei. Er starrte auf das Verkehrslicht. Rot wechselte auf grün dann auf gelb und wieder auf rot. Zeit
verstrich. – Also wohin? Mehrere Tramzüge rollten
hohltönend über die Brücke. Drüben an der Haus-
mauer lachten Grosswandplakate. – Zu ihr? Sie
wohnte ganz in der Nähe. Er brauchte bloss die
Strasse zu überqueren. Jetzt! Es war grün. – Er blieb
stehen. Die Zeit sprang weiter. Autos sprangen vor,
wischten vorüber. Er stand still. Er konnte zu ihr gehen. Jederzeit. Er brauchte bloss einen Schritt zu
tun. Sie wartete bestimmt, seine Herzdame. So wie
immer.

Z-Reihe: Romane von unten

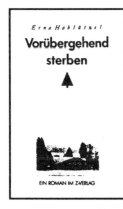 

Erna Hablützel
Vorübergehend sterben
brosch. 173 Seiten ISBN 3-85990-076-5

Die Geschichte einer leicht neurotischen, überangepassten Frau, die sich auf stille, zum Teil aber auch dramatische Weise aus ihrer Lage befreit. Mit leiser Ironie erzählt. Spannend bis zur letzten Seite.

Frau Sonne Frau Mond
brosch. 227 Seiten ISBN 3-85990-104-4

Zwei Frauen kämpfen gegen den beklemmenden, morbiden Geist in einer schweizerischen Kleinstadt - spontan, warmherzig, mit echt weiblicher Beharrlichkeit. Bis das Unheil sie selber einholt. Zügig erzählt, sarkastisch und einfühlsam zugleich.

Genossenschaft Z-Verlag

Z-Reihe: Romane von unten

Die Trilogie von H.U. Müller:

1980 - Irrenhaus Burghölzli ...
Der Ausgerissene
Ein Bericht
brosch. 173 Seiten ISBN 3-85990-066-8

1980-85 , nach der Entlassung ...
Der Entfesselte
Ein Bericht aus Zürich
brosch. 335 Seiten ISBN 3-85990-071-4

Wichtige Themen seines Lebens ...
Der Unvergleichliche
Fünf Berichte vom
Fremdsein und Menschsein
brosch. 236 Seiten ISBN 3-85990-087-0

"'Berichte' nennt H.U. Müller seine Texte, die er in den letzten Jahren geschrieben und in drei Büchern gesammelt hat. Es sind Abarbeitungen an persönlichen Traumata; aber dieses Persönliche ist zugleich politisch, gesellschaftlich. Schreiben ist, nach dem Kafka-Wort, für Müller eine Axt, zur Selbstbehauptung, in Verteidigung ebenso wie in Angriff, zum Aufhacken des inneren und äusseren Eismeeres."(Stefan Howald, Tages-Anzeiger)

Genossenschaft Z-Verlag